Сначала исчез бумажник...

Современные русские рассказы

はじめに財布が消えた…

Сначала исчез бумажник...

現代ロシア短編集

ロシア文学翻訳グループ クーチカ 訳

群像社

目次

はじめに財布が消えた…　現代ロシア短編集

Пьяная стерлядь

酔っ払いコチョウザメ

マーシャ・トラウブ

アーニャは長年の懸案事項を実行した。つまり、結婚した。なぜそうなったかというと、友達に混じって遊びに行ったペテルブルグで夫となる人をたまたま見つけたからだ。友達に混じってというのは、つまり、アーニャは女友達と出かけたのだが、女友達にはボーイフレンドと同僚がついてきて、さらにその同僚には夫がついてきたというわけだ。この夫というのは明らかに他人様の夫だったが、いずれにせよそれで何かが変わるわけではない。そもそもなぜこんな旅行についていこうと思ったのかさえ、アーニャはよくわかっていなかった。

アーニャのまわりには、ペテルブルグ《ピーチェル》をこよなく愛するタイプと、ピーチェルに敬意を払いつつ好きになれないタイプがいた。アーニャは後者だ。たぶん、学生時代に、当時の恋人と出かけた週末旅行のせいだろう。この恋人はまさに前者のタイプで、白夜、さまざまな橋、噴水、美術館、ペテルブルグ特有の井戸の底のような中庭をアーニャに見せてやりたいと思っていた。建物の表示板や建物正面《ファサード》の蔦《つた》模様ひとつひとつの前にいつまでも佇んでいられる人だった。それなのに、アーニャは着いたその日の白夜に骨の髄まで冷えきって、膀胱炎に悩まされることになり、トイレ以外何も考えられなくなった。頻繁に訪れる排尿欲求が愛情を打ち砕き、モスクワに戻るやいなやこの彼とは別れてしまったが、アーニャは残念に思うこともなかった。ちなみに彼氏のほうは何がどうしたのかわからずじまいだった。すべてはあんなに最高だったのに。素晴らしい町、川から突き刺すように吹く風、ネヴァ川だってあんなに……。アーニャはというと、覚えているのは行った先々のカフェぐらい、出されるコーヒーは最悪だったが、トイレはある。この恋人のことはしばらくすると多少温かい気持ちで思い出すことがあったが、ピーチェルのことは、膀胱炎のせいで許せないままでいた。

ところが今回、女友達が週末旅行を提案してきたのだ。アーニャは友達に膀胱炎のことを打ち明けた。すると彼女は大笑いの末「この数年で、ピーチェルだけじゃなく、あんたも変わったわよ」と言った。結局、アーニャは提案に乗ることにした。

トイレには、列車が駅に着くとすぐに行きたくなった。その瞬間、アーニャは悟った。ピーチェルも自分を許していないのだと。天気予報では晴れ、ほぼ無風だったのに、アーニャを待ち受けていたのはそぼ降る雨と記録的な気温の低下。一行が宿泊用に借りたアパートメントで荷物をひろげ、旅先での観光プランをたてていたころ、アーニャはとある店の前でひとりタバコを吸いながら、開店を待っていた。願いはただひとつ、セーターを買うこと。それから暖かいタイツも。望みのものをすべて購入し、試着室でそのまま着替えをしたが、時すでに遅し。アーニャはもうトイレに行きたくなっていた。しかも、ひっきりなしに。ついに薬局に走り、薬を買って一錠飲み、効果が出るのを待った。

そのころ、一行は美術館の行列に並んでいた。美術館の後はペトロドヴォレーツに行き、どこかすてきなレストランでランチの予定だ。カップルたちはしょっちゅう抱き合ってはキスをし、ケタケタ笑い、この世のすべてに浮かれていた。一方、アーニャは薬をさらに一錠飲んだのに、まだ苦しんでいる。熱い湯に浸かり、毛布に潜り込みたいとひたすら願っていた。

前回とまったく同じだ。アーニャはすっかり凍えて、美術館でもカフェでもまずは取るものもとりあえずトイレに駆け込む。それなのに同行のカップルたちは子どもみたいにチュッチュして、意味もなくケタケタ笑い、ベタベタしていて、彼女はひどくいらいらさせられた。

それでも、ランチまでには薬が効いてきた。そのころ一行はネヴァ川の見えるレストランにいた。アーニャはここにきてようやく虚ろな目ではなく、すっかり分別のついた目で世界を見渡せるようになった。

ちょうどその時、アーニャの友達の同僚が大声を上げ、隣のテーブルの男性に駆けより、抱きついた。どうやら大学時代の同級生らしい。セルゲイというこの男性は、一行のテーブルに移ってきて、アーニャの隣に陣取った。彼の魅力は認めないわけにいかなかった。アーニャはウォッカを飲み、温かいスープ《ソリャンカ》を啜《すす》って、ようやく体が解《ほぐ》れ始めた。内側からポカポカしてきて、笑顔を見せられるまでになった。

セルゲイが、地元の人間ならではの名所を案内するよと申し出たが、その時、またしてもアーニャに膀胱炎の症状が起こり、彼女はトイレに駆け込んだ。戻ってくると、そこにはセルゲイしかいなかった。女友達とその同僚は雲隠れしてしまい、アーニャはよく知りもしない男性と時を過ごす羽目に。もう一錠薬を飲み、ウォッカをグイッとあおり、失うものは何もないと心を決めた。

「どうする？　まだここにいる？　それとも出ようか？」セルゲイが尋ねた。

「熱いシャワーを浴びて、毛布にくるまりたい」

「わかった」そう言って、セルゲイはアーニャを自分のアパートに連れていった。アーニャの宿泊先の鍵は、例の女友達かその同僚が持ったままだったから。

アーニャは熱いシャワーを浴び、十分にぬくもってから、キッチンで暖かいブランケットにくるまっていた。ひょっとしたら薬が効いたのかもしれないし、あるいはセルゲイと飲んだワインが効いたのかもしれないが、アーニャはその晩セルゲイのアパートに泊まり、その翌日もそこで過ごし、危うく帰りの列車に乗り遅れるところだった。セルゲイは彼女をあちこち連れ回そうとせず、ベッドから出てこいと要求することもなかったので、アーニャの願いはひとまず叶った、と言える。

しかし、セルゲイのプロポーズを受け入れたときに自分に何が起こったのか、彼女はいまだにわからない。魔が差したと言うやつだ。

結婚式は、まずモスクワで挙げ、それからピーチェルでも挙げた。アーニャは夫の元へ引っ越した。しかし、それはほんの短期間だけだった。というのも、新婚生活の三か月後にはモスクワへ戻ってきたからだ。いや、離婚したわけでも、ケンカしたわけでもない。ただ、物理的にピーチェルで暮らすことができなかったのだ。果てしなく寒がりの、おしっこばっかりする妻なんてセルゲイに必要ない、とアーニャは自分で結論づけた。モスクワには大好きな仕事があるのに、ピーチェルでは自分の使い道が見つけられなかったからなおさらだ。セルゲイはというと、彼女と同じような考えからモスクワに移り住むのを嫌がった。ピーチェルには仕事があるし、ここのほうが「息がしやすい」とかなんとか言って。

二人は二つの都市を行き来して暮らすことにした。端《はな》からこの考えは不自然であったが、別居婚のほうが同居の夫婦よりも絆が強いはずだとアーニャは決めつけた。私たちは現代的な人間で、偏見なんてないの、と。しかも、アーニャは結婚していてしかるべき年齢であったし、傍目《はため》には二都市を行き来する愛の物語というのはとてもロマンティックでもあった。自分たちこそがアーニャの幸福に貢献したと思っている女友達とその同僚からは、特に羨ましがられた。

最初のうちはセルゲイがしょっちゅうモスクワにやって来ていたが、しだいにアーニャがしょっちゅう出向くことになった。彼女は手ぶらで行くことがなかった。セルゲイがモスクワから持ってきて欲しいもののリストを作って彼女に注文したからだ。新刊本にはじまり、ピーチェルではどういうわけか買うことのできない食料品に至るまで。

実は、ここが物語のはじまりである。

セルゲイはグルメだった。美味しいものを食べることが好きで、しかも、手料理が好きだった。アーニャは夫のところにやって来ては料理をしたが、台所に立つのは二週間に一度、あるいはせいぜい月に一度でいいんだから、と自分に言い聞かせていた。これも別居婚のいいところだ。でないと、ひたすら何かを煮炊きする毎日だったろう。

「アーニャ、今回はコチョウザメを持ってきてよ……」いつものように会いに行く直前の電話で、セルゲイが頼んできた。

「モスクワから？　ピーチェルでは買えないの？」アーニャは驚いた。

「そっちで買えるようなのがないんだ。君なら一番いいのを見つくろえるよ。あぁ、食いたいなぁ、死ぬほど食いたいよぉ」

「コチョウザメなんて、アフリカ産だってなんだって同じじゃない」

「コチョウザメはアフリカには棲息してないよ。ねぇ、お願いだよ、持ってきて。ネギとレモンをのせたやつ、作ってよ」

結局のところ、アーニャは尽くす女だった。既婚という地位は女性に一定の義務を負わせるものであり、コチョウザメを調理するのもそのひとつだと思っていた。

「列車でどうやって持っていったらいいの?」魚を運ぶ容器はどれがいいか考えを巡らせながら、質問した。

「飛行機にしたら? 二時間もあれば、うちに着くよ」彼は提案した。「生きたままで、よろしく!」

「私が? それともコチョウザメが?」アーニャは冗談を言ってみた。

「もちろんコチョウザメ」セルゲイには冗談が通じなかった。

アーニャはため息をつきながらも、魚を求めてモスクワ郊外の漁業組合に出かけた。一番大きいのではないが、彼女の目に一番美しく見えたコチョウザメを選んだ。

「生きたまま運ぶにはどうしたらいいですか?」アーニャは店の人に尋ねた。

「コツンと一発食らわせてやれば、運べますよ」と嬉しそうな返答。

「何に入れたらいいかしら? ビニール袋? ご存じないかしら?」アーニャはさらに詳しく尋ねた。「ピーチェルまでなんですけど。飛行機で」

「まったく訳ないことですよ!」店の人はより一層嬉しそうな顔をした。「そこを出て、まっすぐ百メートルほど行って、右手に入ると露店があるんで、そこでウォッカの小瓶を買うんです」

「何のために? 私はウォッカを飲みませんが」アーニャは驚いた。

「お姉さんじゃなくて、魚にやるんですよ!」店の人は大笑いした。

「魚に？　どうして？」

「それが一番なんで。ウォッカを飲ませて一丁あがり。飛行中ずっと眠るんで、鮮度が保てます。ただ、飲ませるのは離陸直前ですよ！　みんなそうやって魚を運んでるんです。お姉さんが初めてじゃないよ」

「わかったわ」と、アーニャは言ったものの、正直なところ、まったくわからなかった。しかし、店の人にコツンと見事な一撃を加えられて気絶したコチョウザメを一尾買い、露店を探しに行った。そこで言われた通りウォッカの小瓶を買い、魚を胸に抱き締め、空港へ向かった。

空港に着いてもコチョウザメは目を覚ましそうになく、これならウォッカを飲ませなくてもいいのではとアーニャは期待した。彼女自身はコニャックを飲んだ。景気づけに。単に飲みたい気分でもあったし。

搭乗まであと三十分。アーニャは読書に集中しようとした。すると、コチョウザメの入ったビニール袋が膝の上でごそごそと動きだした。アーニャは驚いて飛び上がった。魚が目を覚ましたのだ。彼女はカバンからウォッカの小瓶を取りだしながら、トイレに駆け込んだ。洗面台の横にビニール袋を置いて、ウォッカの瓶を開けようとした。蓋はなかなか開かなかった。ぐっと引っ張ってようやく開けたと思ったら、半分ほど洗面台にこぼしてしまった。それからそっと袋を開けると、コチョウザメが虚ろな、悲し気な目つきで彼女を見ていた。

「すぐだからね。ちょっとだけ我慢してね」アーニャは何度も言い聞かせた。「で、どうやって飲ませるのかしら?」そっと魚の口を開かせて、ウォッカを注ぎ始めた。魚はのそのそ動きだし、尾鰭《びれ》をばしゃばしゃと打ちつけた。

「もう、何だっていうの? ほら、飲んでよ!」アーニャは根気強くコチョウザメの延命治療を続行した。

心の中ではアーニャは動物を殺すことに反対だった。それが苦痛に満ちたものであればなおさらだ。コチョウザメがとてもかわいそうだった。エラと内臓がついたままの生きた魚を手にするのは初めてのことだったので余計にかわいそうだった。気絶させられもしたが、生きている。そして今度は彼女のせいで酔っ払わなければならないのだ。

「許してねぇ」アーニャは魚に懇願した。

「どこに注いでるの? 全部洗面台に流れちゃってるじゃない!」でっぷりとしたおばさんがトイレの個室から出てくるなり、言った。「エラのところから入れないと! エラよ! ほら、貸して!」おばさんは魚を摑むと、絶妙な動きで残りのウォッカをエラに注ぎ込んだ。

「どうしてご存じなんです?」アーニャはおばさんに尋ねた。

「みんな知ってるでしょ」おばさんは肩をすくめて言った。「魚を運ぶときってこうするものよ。秘伝なんてものじゃあないわ! ただ、ウォッカが少ないわね。もっと飲ませないと。到着までもたないわよ。ウォッカを買ってきなさい、魚は見ててあげるわ」

「いえ、結構です、ありがとう。自分でやれます」

アーニャは慌てて答えた。見ず知らずのおばさんにコチョウザメを預けておくなんて絶対無理、と思ったのだ。

アーニャはカフェに駆け込み、もう一本ウォッカを買って、急いでトイレに戻ってきた。搭乗まであと五分。トイレで再びコチョウザメを取り出し、おばさんがやったようにエラからそっとウォッカを注ぎ入れた。

搭乗口に向かう途中、アーニャは自分がすっかり愚かな犯罪者にでもなったような気分だった。酔っ払った魚を両手に抱え、これまでの人生は無駄だったのかしらと思いながら。なんでみんなウォッカのことを知っているのよ、エラから注ぐって何よ、私はそんなこと知らなかったわ。そして、この不幸なコチョウザメは、今のこんがらがった状況を——別居婚も、せわしなく行き来するばかりの生活も——彼女に思い知らせてくれた。普通の生活じゃないってことはわかってたけど。普通の生活だと言い聞かせてきて、ほとんど納得したつもりだったけど。アーニャは、自分がいないあいだセルゲイが何をしているか知らない。いずれにせよ、二人の生活は共同生活と呼べるものではなかった。結婚そのものも何か偽装された、本物ではないような。ピーチェルにだってまったく行きたくなかった。そのうえ生きた魚を両手に抱えてなんて。まだトイレにいるうちから、アーニャはコチョウザメが一人酒で寂しくないように、ウォッカを飲み干した。そして今度は、涙が込み上げてくるのを感じた。

機内ではビニール袋を上の棚に入れておいた。離陸開始。突然、上からゴソゴソ、ピシャッという音がし始め、その音はしだいに頻繁に、はっきりと聞こえるようになった。近くの席の人たちが神経質そうにキョロキョロと見回している。アーニャは魚がいるとは言えず、ゲリラ兵のように息を潜めていた。乗客の誰かが、客室乗務員を呼んだ。

「あそこ、変な音がします」

乗務員は耳をすました。

「お客様で魚を持ち込まれた方」

「私です」アーニャは真っ赤になって答えた。

「出してください」乗務員は命令した。

「あの、夫に新鮮な魚を頼まれて……」アーニャは説明を始めた。「夫はピーチェルに住んでいて、私はモスクワで、私、ピーチェルには住めないんです。あそこにいるといつも膀胱炎になってしまって。だからこうやって通ってるんです……それで夫に魚を頼まれて……」

「タマーラ、ウォッカはあったかしら?」乗務員はアーニャの独白を遮り、同僚に向かって叫んだ。

「あるわよ!」

「さぁ、魚をお預かりしましょう。到着したらお返しします」乗務員は提案してくれた。

「ウォッカはもう飲ませたんですが」アーニャはモジモジしながら言った。

「気圧の変化でこうなることはあります。魚が反応して目を覚ましてしまうんです」乗務員は大真面目に答えた。

「わかりました」アーニャはうなずいて、苦悩の酒に浸るコチョウザメを手渡した。そして泣きだした。

「まぁ、どうされました？　ちゃんと魚はお届けしますよ。最高の状態で。いろんなものを運んだ経験があるので、大丈夫です。泣かないで。ウイスキー召し上がります？」

アーニャはうなずいた。

客室乗務員はウイスキーの小瓶を持ってきて、魚を連れていった。

「さぁ、到着ですよ」着陸後、乗務員はアーニャにコチョウザメを渡しながら言った。

「まだ少し眠っているでしょうけど、小一時間もしたら目覚めると思います」

「あの、ちょっとお伺いしたいのですが」突然、アーニャは尋ねた。「魚はアルコール臭くなることはないんですか？　これ、酒漬けみたいなものですよね……」

「水でしっかり洗えば大丈夫、青ネギを加えて調理したらいいですよ。ただ、玉ねぎじゃなくて、青ネギですよ。それにレモンを加えたら、おいしいのができますよ」乗務員はアドバイスしてくれた。

「ありがとう」アーニャはもう一度お礼を言い、コチョウザメをぎゅっと抱き締めた。

セルゲイが出口のところまで迎えに来ていた。

「やぁ！　空の一人旅どうだった？」嬉しそうに彼は言った。

「ふたりとも何とか到着したけど」アーニャは彼の言葉を訂正し、鼻をすすった。「最悪の旅だったわ」

「ふたり？」セルゲイは意味がわからなかった。

「私とコチョウザメちゃんのこと。ほら、持って。私がどんな思いでここまで来たかわかる？」

アーニャは堪えきれずに泣きだした。

「君、飲んだのかい？」キスをしたときに、酒のにおいを感じとったセルゲイが尋ねた。

「ふ・た・りで、飲んだの」アーニャはもう一度、「ふたり」を強調した。「私とコチョウザメちゃんとでね。この子はウォッカで、私はウイスキーよ」

「うーん、何かぶっ飛んだこと言ってるなぁ……」セルゲイは真面目に言ったが、怯えてもいた。

「私がぶっ飛んだことを言ってるんじゃなく、あなたがヘンタイなのよ。ねぇ、みなさん、この人は新鮮な魚が食べたいんですって。それでこの子が苦しみ喘ごうがどうでもいいんですって」

アーニャは堪えきれず、もはや叫んでいた。

「誰が苦しんでるって？」セルゲイは聞き返した。

「コチョウザメよ！　私、トイレでこの子にウォッカを飲ませたんだから！」

「なんでまた」

「生きたまま運ぶためよ。酔っ払ってるけど、生きてるでしょ。そういうアドバイスをもらったの。しかも、みんな、みーんな、魚の運び方を知ってたの、私以外のみんなが！　わかる？」

「そうだね」セルゲイは用心深く答えた。「君は、最高だよ」

「私が？　それともコチョウザメが？」アーニャは聞き返した。

「もちろん、君が」セルゲイはそう請け合いながらも、魚を覗きこんでいた。

「覚えといて、私はこの子に小瓶まるまる一本分を飲ませたけど、客室乗務員がどれだけ飲ませたかは知らないから。私はこの子の調理はしません。絶対、無理」

「アーニャ、一体どうしたんだよ。たかが魚じゃないか」

「あなたにはたかがかもしれないけど！　私にはすっかり身内になっちゃったのよ。酔っ払って、くたびれ果てた、不幸なコチョウザメちゃん……」アーニャの目はすでに苦い涙でいっぱいだった。「ねぇ、この子を逃がしてあげない？」

「どこへ？」セルゲイが妻を見る目は、もはやすっかり怯えていた。

「ネヴァ川に！」アーニャは嬉しそうに叫んだ。

「あのね、それには問題がひとつある。ネヴァ川ではコチョウザメは棲息できないんだ。君のその子がネヴァ川で初のコチョウザメになる。生き残れないよ」

「ひょっとしたらってこともあるかもよ？　この子はいろんな経験を積んだ、強い子だから」

「アーニャ、たかだか魚だよ。今からうちに戻って、一緒にこいつを調理しよう。ネギとレモンをのせて……」

　アーニャは、コチョウザメの運命と、ついでに我が身の運命を嘆き、ひっくひっくと泣き続けた。

コチョウザメは杯があふれる最後の一滴であったことをお伝えしなければならない。アーニャは夫と暮らすことがこれ以上できなかった。もっとも、コチョウザメはこの際関係ない。セルゲイは、妻がモスクワにいるあいだ、別の女のところで食事をとるようになっていた。アーニャはこの女のことをフライドチキンとあだ名した。鶏もも肉にいやらしいマヨネーズをかけてオーブンで焼いた平凡きわまりないものなんかで、セルゲイを誘惑したから。セルゲイはもも肉で腹を満たし、浮気した。あるいは、浮気してから、腹を満たしたのかもしれないが、だからといって何かが変わるわけではない。

（松下則子訳）

Вечное движение *этюд*

永久運動　エチュード

ヴィクトル・シェンデローヴィチ

「オッ、フェン、バッ、ハ！」とカラブキンは声に出して読み、バタンと大きな音をたててピアノのふたを閉じた。

「もっとていねいに扱って下さい」と依頼主が頼んだ。

「ていねいにやってるさ。いくぞ！」カラブキンは楽器の持ち主を肩でぐいと押しのけると、担ぎ紐を肩にかけ、号令をかけた。

「せーのッ！」

禿げ頭のトーリクが「オッフェンバッハ」のむこう側でしゃがみ、のしかかってきた重みに思わずうっと呻いた。ふたたびトーリクが姿を見せたのは、エレベーターのそばの踊り場だった。深く考え込んだ顔つきをしていた。

「重いですか?」と依頼主が申し訳なさそうに訊ねた。

「ソ連製ならもっと軽い」とトーリクは直には答えなかった。

「一・五倍くらいの重さだ」カラブキンが断定した。「オッフェンバッハ」に肘をついてハアハア息を切らしている。

いったい全体、ここは何階だろう。荷物用のエレベーターは三階で止まっていた。もう二か月間も。

「いくぞ」カラブキンが言った。

吹き抜け階段をもう二階分だけ降りると、カラブキンは黙って「オッフェンバッハ」の方に顔をむけて、ごろんと寝転んだ。何か考えながら、十分くらいそのまま横たわっていた。禿げ頭のトーリクは担ぎ紐から抜けだし、壁にもたれてしゃがみこんだ。ちょっと座っていてから、服の袖でつるんと禿げ頭をぬぐい、誰にともなく一服しようと声をかけた。依頼主はいそいでタバコの包みをあけた。トーリクはタバコを一本ぬきとり、それから少し考えて、もう二本とった。

カラブキンはタバコを吸おうとしなかった。

「健康に気をつかっておられるのですね?」と依頼主がおもねるように笑い、それからまとはずれなことを言ってしまったと顔を赤らめた。

「健康なら腐るほどある」全身が鋼のようなカラブキンが、くたびれたぬいぐるみに似た依頼主をじっと見て答えた。「貸してやろうか」

依頼主はぎょっとした。「結構です。とんでもない！」

しばらく沈黙があった。カラブキンが依頼主をじろじろ見るのをやめないので、依頼主はますます縮こまってしまった。

「おまえさんも弾くのかい？」楽器の方を顎でしゃくって、運送屋がようやく口をきいた。

「はい」依頼主が答えた。「娘にも教えています」

沈黙が訪れた。時々トーリクがゼイゼイいう音だけが聞こえてくる。

「教えんならバイオリンにしとけよ」とカラブキンが進言した。「いくら重くてもバヤンまでだ」

「すみません」と依頼主が言った。

半時間かけて運送屋たちは「オッフェンバッハ」をさらに二階分だけ下ろした。ふたりは呻き声をあげ、ゼイゼイ喉をならし、「こっちだ」とか「待て」とか「ちゃんと持ってるのか」とか「下がれよ、ばか、足をはさんだぞ」とかいった言葉を鳥が短く合図を交わすようにかけ合った。

楽器の主は足手まといになるだけだった。

そのあとトーリクが宣言した。今すぐ死ぬか、今すぐ昼食にするか、どちらかだ。ふたりは物思いにふけりながら、白パンをかじってはケフィールを飲んだ。目の焦点があっていない。依頼主は刺激しないように「オッフェンバッハ」のうしろでじっと控えていた。

「なあトーリク、おまえ今、何が欲しい？」ようやくカラブキンが口をきいた。

「女」とトーリクが答えた。

「ざけんじゃねえよ」にやにやしながらカラブキンが言った。「それで、おまえさんは？」

「私ですか？」依頼主は自分の要求などとるに足りないことを強調するように弱々しく手をふった。「私はですね、できるだけ早く引っ越しができたらいいかなと……」そしてあわてて言い足した。「おふたりのやり方が遅いという意味じゃないんですよ」

「じゃ、どういう意味だ？」とカラブキンがきいた。

「つまり、仕事がたて込んでいて」

「これのことかい？」カラブキンは不器用にひろげた五本の指でピアノを弾くまねをして動かしてみせた。

「そうなんです」恥ずかしそうに依頼主が言った。

「じゃ、女はいらないってことだな？」カラブキンが念を押した。

「いや、そんなことは」依頼主は顔を赤らめた。「そちらのほうは……」そして困惑して黙りこんだ。

しばらく沈黙があった。

「では、あなたは」と依頼主が儀礼上訊ねた。「何をお望みですか？」

「おれはさ」カラブキンが言った。「おまえさんの厄介なしろものを、ぽーんと放り投げたいのさ」

「なんですって！」依頼主はぎょっとした。

「おもしろいじゃねぇか、どんな音して落ちやがるかさ」とカラブキンが答えた。依頼主の顔はみるみる紅潮した。「わかったよ、パニくるなって。冗談だ」とカラブキンがなだめるように言った。

トーリクはパンを頬張ったまま爆笑した。

「いったい何がおかしいんです？」依頼主がきいた。

「ほら、こんなふうにさ」おもしろがってトーリクは答え、「オッフェンバッハ」が階段の吹き抜けを落ちていくようすを両手でやってみせた。そしてもう一度、腹の底から大笑いした。

「おかしいことなどありませんよ」と依頼主が言った。

「そうだな」お人好しのトーリクが頷いた。「じゃ、何でもいいから弾いてくれないか。ぼーっと突っ立ってないでさ」

依頼主は幼いころ、楽器を習ったことのない人たちに対する罪の意識に打ちひしがれたことがあったので、ため息をついてピアノのふたをあけた。「オッフェンバッハ」は歳をとって黄ばんだ歯を階段に向かってむき出した。

両手を軽くもみほぐすと、眼鏡のインテリは、右手をすばやく鍵盤にはしらせた。

「ほう！　曲芸だ！」トーリクが感嘆して言った。

依頼主は窓敷居に太りぎみの尻をおろし、足でペダルを探ると、注意深く最初の和音に没頭した。とたんに眼に霞がかかり、指は鍵盤の上をあちこち跳びかい始めた。

「ちょっと待て」カラブキンが命じた。

「えっ？」依頼主が目をあけた。

「それは何だ？」

「ドビュッシーです」と依頼主が答えた。

「そいつはだめだ」反感をあらわにしてカラブキンが言った。

「といいますと？」依頼主は理解できないでいた。

カラブキンは考えこみながら唇を動かした。

「ほれ、あの……『月光』は弾けるかい？」

インテリは素直にうなずいた。

「じゃ、やってくれ」とカラブキンが言った。「その、おまえさんたちのやつでなく……」

「『おまえさんたちのやつ』とはどういうことでしょう？」依頼主はぎくっとした。

「『月光』だ」とカラブキンは断ち切るようにいい、もっとはっきりさせるように、不器用にひろげた指をまた空中で動かしてみせた。「たのむぜ」

「わかりました」ピアニストはため息をついた。「第一楽章でいいですね？」

「もちろん二楽章じゃない」とカラブキンが言った。

『月光』の響きに引き寄せられて、どこからか栄養失調の幽霊のような老婆が現れた。老婆は「オッフェンバッハ」にすり足で近づき、中くらいの大きさのしなびたリンゴをふたの上に置き、弾き手に向かって恭しく十字を切り、運送屋たちには深々と頭を下げ、もと来た方へ立ち去って行った。

「ほれ」ソナタが終わった時、カラブキンがトーリクに向かってわけ知り顔に言った。「これがベートーヴェンだ！　ところでベートーヴェンは耳がからきし聞こえなかったんだぞ。おまえときたら耳はゾウのようにでっかいが、無用の長物だな」

「ゾウはおまえだ」と、すこしも腹をたてるようすもなくトーリクが答えた。そしてふたりは不幸な「オッフェンバッハ」を、壁や手すりにぶつけながら、さらに引きずり始めた。依頼主は貢物のリンゴをぷくぷく太った胸に押しつけるように持ち、ぶつかる音がするたびに顔をしかめた。

「ベートーヴェン……」楽器に顔を押しつけたトーリクがかすれ声で言った。「すぐ死んだほうがよかったかも。聞こえないだなんて……。見えないほうがまだましだ！」

次の踊り場でふたりは床へどっと倒れた。肺からはゼイゼイ、ハアハアいう音がもれてくる。依頼主は少し離れたところに立って、労働者たちの目を不安そうにじっとみつめていた。彼らの目からは、芸術分野の知識人、特にピアニストにとって好ましいものは何ひとつ見てとれなかった。

いっぽう依頼主の方では庶民を愛していた。深い道徳的信念によって愛していた。ただこの信念は素朴な驚愕にたやすく変わるものではあったが。「与え与えられる」関係を無我夢中で期待しながら、運送屋、配管工、運転手、売り子たちみんなを愛していた。たまたま彼の優れた演奏に触れた祖国の労働者やコルホーズ員が、指の動きが無意味にはやいと言ってびんたを食らわせるのではなく、心の底から驚嘆し、生活の足しにしてくれと少しばかりのお金をくれた時には、いつも「労働と芸術の調和」ということが心に浮かんだ。

「よかったら、もう少し弾きましょうか?」どうしたら罪滅ぼしができるかわからず、用心深く依頼主が申し出た。

「弾かずにゃ、おれないってかい?」とカラブキンがきいた。

「いいじゃないか、弾かせてやれよ!」思いがけずトーリクが賛同した。「すげえや、リクエストコンサートってやつだ!」と笑いだした。「いっちょ、ババーンとやったれ、おっさん!」

音楽が階段の吹き抜けにいきおいよく舞い上がった。それに呼応してダストシュートの中で何かが大音響を響かせ、うなりをあげて落下し、どこかはるか下の方で地面にぶつかり、ボーンという音をたてて粉々に砕けた。最後の和音とともに依頼主は「オッフェンバッハ」の鍵盤の上におおいかぶさり、そして静かになった。

「らりってるのかい?」驚嘆してトーリクがきいた。「目がいっちまってるよ」

「ちょっと待て」カラブキンが遮った。いま耳にしたものに困惑している。「いまの、何だったんだ?」

「シューベルトです」

「そいつも聞こえないのかい？」トーリクが興味をしめした。

「いえ、とんでもない！」依頼主はびっくりした。

「そりゃよかった！」トーリクはシューベルトのために喜んで、立ち上がったほどである。「おれは、こんなことできんだぜ、みてろ！」

そして「オッフェンバッハ」に歩みより、戸棚の扉をあけるようなしぐさで片手で依頼主を脇へ押しやり、両手をズボンでぬぐい、ポン、ポン、ポンとためし弾きすると、『猫ふんじゃった』を一生懸命、音をはずさず、大きな音でいきおいよく弾いた。曲の音に合わせて楽器の持ち主の顔色も変化したが、演奏をやめさせる決心はつかなかった。

鍵盤に最後の一撃を加えると、トーリクは陽気に笑いだした。それから階段の吹き抜けはまた静かになったが、情熱家の力強い手によってかきたてられた「オッフェンバッハ」の内部では、さらに長い間、何かがうなっていた。

「トーリク、なぜ弾けること黙ってたんだ？」感激したカラブキンが言った。

「軍隊で教わったのさ」トーリクがつつましく告白した。

「まさに人生の学校だ！」カラブキンが断定した。そして依頼主の方を向いて言った。「次は、おまえさんの番だ」

＊　＊　＊

夕暮れが近づいていた。トーリクは何階か定かでない階段の踊り場の壁のそばで、大の字になって寝転んでいた。

「オッフェンバッハ」との道行の間に、玄関ホールでは世界の名曲の数々が鳴り響いた。楽器を移動させる間に、依頼主は過去の最も優れた作曲家たちの人生とその作品についてわくわくするような話をした。演奏されたのは、十七の前奏曲とフーガ、十二のエチュード、たくさんの小曲、そして平均律クラヴィーア曲集から一曲。

十五階あたりで、トーリクが「アンコールに応え」て『猫ふんじゃった』を演奏しようとしたが、カラブキンにたしなめられて顔を赤らめた。顔が赤くなるのは三歳の時ににじんましんが出て以来のことである。

ワルキューレの飛翔は小人の行進に変わったが、地上にはまだ着かなかった。ヘラジカのようにがっしりしたトーリクの禿げ頭は夕焼けに照らされて輝いた。とてつもない「量」が、何かよくわからない「質」に転化しつつあった。そして、まさに目の前でトーリクの頭蓋骨が形を変えていくように見えた。

トーリクと向かい合って、カラブキンがドアにもたれて座っていた。かき乱された心に不安そうに耳を傾けている。

「今のは誰の曲です?」演奏が終わるたびにカラブキンは待ちかねたように訊ねた。

「ラフマニノフです」依頼主はそのたびに答えた。

「セルゲイ・ワシーリエヴィチですね？」とカラブキン。

ふたりはさらに二階下へ「オッフェンバッハ」をひきずって下ろし、ふたたび文化的余興のために腰を下ろした。

「ニコライさん、お願いがあります」明け方、カラブキンが言った。「もう一度、弾いてもらえませんか、ほらあの……」彼のいかつい顔の頬がゆるんで、晴ればれとした顔になり、メロディのようなものを口ずさんだ。「ほら、あそこで弾いて下さった……」そして節くれだった指で上の方を指さした。

「『愛の夢』ですね？」と依頼主が言い当てた。

「それ、それです」とカラブキンが言って、嬉しそうににっこりした。聴いている間に眠り込んでしまった曲だ。

すぐに目を覚ましたトーリクの声が玄関ホールに響いた。

「フランツ・リストだ！」自分の言葉にひどく驚いて、当惑したように禿げ頭をさすった。それから苦笑いが顔全体に広がった。

「おやまあ、どうなってんだろう……」とつぶやいた。

＊　＊　＊

途中で一度、依頼主はエレベーターを使って自分の家まで戻り、魔法瓶に入れたお茶やラスク、サンドイッチを朝ごはんに持ってきた。依頼主は伝道師のみが味わえるような至福の喜びに満たされていた。

運送屋たちは眠っていなかった。語り合っていた。

「それでもやはり、トーリクさん」とカラブキンが言った。「グバイドゥーリナに対するあなたの感動を共有することはできませんよ。ご免被りたいものです。あるいは私が保守的に過ぎるかもしれません。しかし『メロディズム』ですよ、ねえ、あなた！『メロディズム』なしにどうしろと言われるのですか！」

「カラブキンさん」と禿げ頭のトーリクが、タンスのようにがっしりした胸に大きな手のひらを当てて答えた。「『メロディズム』はどうしようもないくらい古びてしまったのです！もちろん覚えておられるでしょうが、すでに一九〇八年に、スクリャービンがタネーエフに書いています……」

ここでふたりは近づいてきた依頼主に気付いて、何かを思い出すように、注意深く彼を眺めた。

「お邪魔してすみません」と依頼主が言った。「お茶にしましょう。そして先に進みましょう」

「どこへです？」カラブキンが訊ねた。

「『どこへ』ですって？」意気揚々と依頼主が答えた。「下へ、です！」

「がっかりさせたくはないのですがね、ニコライさん」とカラブキンが言って、うしろを振り返り、「オッフェンバッハ」のニス塗りの脇腹をやさしく撫でた。「でも下へは、これなしで行きますよ」

「『これなし』ってどういうことです？」

「自分たちだけで」

「『自分たちだけで』とは？」

「おやおや、男らしくしたらどうです」とカラブキンが言った。

「いいですか」穏やかにトーリクが説明した。「私はクレーンなんかではありません。そしてカラブキンさんも。お分かりいただけるでしょう。我が身に重さを受けて運ぶのはとても屈辱的だってことを。いたるところ調和が溢れているというのに」

「支払えばいいんでしょ」と、ポケットを探りながら、ふてくされて依頼主がつぶやいた。

「ああ、ニコライさん、ニコライさん」カラブキンが咎めるような口調で言った。「あなたからそんなセリフを聞こうとは思いもかけませんでしたよ」

「お金が何だっていうんです？」禿げ頭のトーリクが言った。「永遠なるものはお金では買えません」

ふたりはかわるがわるに依頼主のへなへなした手を握り、音楽院の住所を訪ねると去って行った。

依頼主は階段に腰をおろし、しばらく「オッフェンバッハ」を見ていた。自分がキリストを標榜して、野蛮人に八つ裂きにされた伝道師のように感じられた。それから「オッフェンバッハ」を自分で持ち上げようと試みているところを想像し、自滅するところを想像した。それから生きようとする意志が勝利をおさめ、依頼主はエレベーターを呼び、店に出かけていった。

しばらくして三人の男たちと戻ってきた。男たちは「オッフェンバッハ」を運べば、しこたま酔っぱらえるだけの酒代が稼げると踏んでいた。運送屋が置いていった担ぎ紐を締めると、掛け声をかけて下へ運び始めた。

しばらくするとへとへとになり、階段の踊り場にくずおれ、ハアハア息をしはじめた。

「ねえ、旦那」とひと心地がつくと、とうとう臨時雇いのひとりが言った。「いっちょうなんか弾いてくんねえか」

「そうだ」ともうひとりが同調した。「どうせ、しばらくは寝転んでるんだから」

「ほらあれ……」と三番目がいい、帽子の上から頭をかいた。「『月光』は弾けるかい?」

三人はそろって雇用主をじっと見た。雇用主は今がまさに正念場だと理解した。

「ざけんじゃねえよ」と「オッフェンバッハ」の主が言った。「とやかく言わずに運びやがれ!」

（木村祥子訳）

Святочный рассказ

クリスマス週間の話

ヴィクトル・シェンデローヴィチ

ある年のクリスマス週間の晩、すっかり禿げあがった主任事務官クゾフコーフが、パスタとソーセージだけの味気ない夕食を食べていると、ベルが鳴った。

ドアの前に現れたのは、おかしな恰好のじいさんだった。へそまで伸びたあごひげ、ラシャの上張りと手袋、上張りのベルトからは小さな斧が突きでていた。

クゾフコーフはとっさに、こいつこそ、うちの団地で警察がもう十年も追っているあの殺人鬼だと思った。じいさんはニッと笑い、バカでかい麻袋を肩から下した。

やっぱりそうだ、とクゾフコーフは自分の勘の鋭さに気をよくした。

だが不意の客は、斧で彼をめった切りにして袋の中に遺体を隠すこともなく、その代わりにホーッとひと声叫んで、手袋をはめたまま手をたたき、踊るような身振りで腰をかがめて、調子はずれのボーイソプラノで歌いはじめた。

「よい子にお土産持ってきた〜、セリョージャちゃんに持ってきた〜」

クゾフコーフは口もきけないほどびっくりした。じいさんは独唱し終わると、歯なしの口を開けて笑い、クゾフコーフに仲間うちのようなウインクをした。このなれなれしいウインクがクゾフコーフを現実へ引き戻した。

「おたく、どなた?」と彼は聞いた。

「わからんのか……」よそ者は、がっかりしたように言った。そして首を振り、咎めるように舌打ちしはじめた。

「何の用です?」とクゾフコーフは聞いた。

「わしじゃよ。セリョージャちゃん!」と、じいさんはもうムッとして叫んだ。「わしじゃよ、おじいちゃ……」

ここで言い添えておくと、クゾフコーフの祖父はふたりともとっくに亡くなっていたし、生前も、ラシャの上張りを着た歯ぬけなんかじゃなかった。

「……兵隊さんを持ってきてやったよ」とじいさんは話し続けた。「兵隊を頼んだのはセリョージャちゃんじゃないか!」

そして一歩踏みだすと、彼はむかつく袋の中身をぶちまけた。大量のほこりがふたりを覆った。すずでできた緑色のおもちゃの兵隊、指半分くらいの小さい戦車や大砲が床へパラパラと落ちた。そこでじいさんは、またあの訳の分からない歌をうたいだした。

「いいかげんにしてくれ」クゾフコーフはわめいた。「歌なんかやめろ！　おかしな真似をするんじゃない！　こんな兵隊、どこから持ってきたんだ！」

「我が祖国の、ソ連の兵隊さんだよ！」歌じいさんはやさしく落ち着かせようとした。

クゾフコーフは黙って客を上張りごと抱きかかえて、階段の吹き抜けに連れだし、ゴミ箱の上に座らせた。

「さあて」と彼は言った。「このくそじじい、どういうつもりだ？」

「セリョージャちゃん！」とじいさんが手を差し伸べた。

「こんどセリョージャちゃんと言ったらぶんなぐるぞ」禿げ頭のクゾフコーフは約束させた。

「どういうつもりだと聞いているんだ！」

それを聞いて、じいさんはクゾフコーフの肩に寄りかかり、大声で泣きだした。

「おじいちゃんだって言ってるだろ！　マロースじいさんだよ！　贈り物を持ってきたんだよ……」

じいさんは落ち込んで、手袋をしたまま手を振って、小川のように流れていた涙を再びぬぐいはじめた。「お前が頼んだ兵隊さんを持ってきたのに……だのにお前は……明けましておめでとう、セリョージャちゃん！　一九五二年の新年おめでとう！」

深い静寂が訪れた。

「何年だって?」とクゾフコーフは慎重に問い返した。

「一九五二年だよ……」

じいさんはすまなさそうに霜で白くなったまつげをしばたたき、目をふせた。

クゾフコーフは、客に目をやりながら、しばらく立ちつくしたが、やがて、振り向いて注意深く下を見た。そして、すずのガラクタの山のそばに腰をおろした。

「ほんとだ、兵隊の人形だ」と彼はぽつりと言った。「じゃあ、これは?」

「地図だよ」とじいさんは、鼻を鳴らした。

「地図ってどこの?」とクゾフコーフは振り返った。

「朝鮮だよ」と客は説明した。「おまえさんは、戦争で朝鮮半島に行ってみたかったんだろ、兵隊になって。……忘れたのかい?」

「なんてこった」としかクゾフコーフは答えられなかった。ちょっと口をつぐんでからこう付け加えた。「あんたは何年もどこに行ってたんだ?」

「あそこだよ」客は悲しそうに手を振った。

「ラップランド?」と突然、クゾフコーフは思いだした。

「ラップランドなんかじゃない……」じいさんは曖昧に言ったが、突然具体的に答えた。「スィクティフカルだ。わしがおまえの家の方へ向かっていると、警察に捕まって、身分証明書を調べられて、まあ早い話……階級的異分子ってわけだ。十年間収容所で、そのあと五年間の流刑さ！」

「なんだって？」とクゾフコーフはわけが分からなくて尋ねた。じいさんは繰り返した。クゾフコーフはもう聞き返そうとはしなかった。

「それからおまえは引っ越して……わしは探して探して……そしてやっと……」と客はきまり悪そうに鼻をかんだ。「ということで、明けましておめでとう」

ふたりはしばらく黙っていた。じいさんはさっき座らされたゴミ箱にそのまますっと座っていた。

「寒かったかい？」クゾフコーフはスィクティフカルについて尋ねた。

「わしにはちょうど良かったよ」とじいさんは淡々と返事した。

「中へどうぞ」と急に思いついたようにクゾフコーフは言った。「おれときたら、こんなところで！　まあ、お茶でも……」

「熱いのはだめなんだよ、セリョージャちゃん」客は咎めるように首を横に振った。「全部忘れてしまったんだな」

「いや、悪かった、悪かった！」

また、ふたりはしばらく黙っていた。

「ところで、今どうしているの？」客は尋ねた。

「まぁ、なんとか」とクゾフコーフは答えた。

「そりゃ、良かった」と客は言った。「じゃ、そろそろ行くよ。ここから降ろしてくれ」

クゾフコーフは、わきの下に手を入れて、重みのない体を罪深い地上に置いた。

「わしにはまだ一九五二年の分の仕事が残っている」じいさんは思いだしながら上張りを上から掻いて打ち明けた。「五番階段のトーリャ・ジリベルを覚えているかい？」

クゾフコーフは、何度もうなずいた。

「彼も引っ越したのかな？」

「引っ越したもなにも！」じいさんはよいしょとふくらんだ袋を肩にかついだ。「ニュージャージー州に引っ越したんだ！　でもしかたがない、何とか見つけるさ！　でなきゃどうする。新年なのに贈り物なしなんて？」

「トーリャには何を？」クゾフコーフは、興味を引かれた。

「切手だよ」マロースじいさんは答えた。「第三インターナショナルシリーズの。ベラ・クン、アントニオ・グラムシ、パルミロ・トリアッティなんかの切手だ、消印のないのだ！　とっても欲しがってたやつさ。じゃあな、もう行くよ！」

じいさんは、クゾフコーフの頬にキスをして、階段に向かった。やがてじいさんの声が下から聞こえてきた。「よい子にお祝いを持っていく〜、トーリャちゃんへも持っていく〜」

過ぎ去った人生に対する悲哀は跡形もなく消え、後には自嘲という乾いたおりが残った。

「何を祝うんだ？」と薄暗い階段の吹抜けに身を乗り出してクゾフコーフは叫んだ。「一九五二年の新年おめでとうってわけかい？」
「遅くともせぬよりはまし、さ！」下から声が響いてきた。

（輿水則子訳）

Добрые люди

優しい人々

マクシム・オーシポフ

いえ、子どもたちはここにはいません。別の棟に入院しています。

白髪のがっしりした体格の女性が、ベラの目を見てそう言った。ベラはその女性の名字だけは覚えている。オルジョニキーゼ。「おもいやり基金.ｒｕ」、なんとか記念小児病院付属の……何記念だったか、ベラは覚えていない。「ｒｕ《アールユー》」が何のことかも分からない。オルジョニキーゼは話し相手の目をまっすぐに、じっと見た。真実がどんなに辛いものであっても、相手にその真実を言わなければならない人に特有の目だった。そして声は低かった。

「読み聞かせはいいことです。子どもは神聖なものですから」と、「神聖な」をゆっくり重々しく言う。

ここでなされることは全て、子どもたちのためなのだ。彼女には、ベラには、自分の子や孫はいるのだろうか？　いや、子も孫もいない。ベラはこの問いに答えたことがあったような気がする。

「つまり、天涯孤独なんですね？」オルジョニキーゼの口から出た「孤」がやけにはっきり聞こえる。

「喪失反応を起こしている人に、我々のチームに入ってもらうことはできません。でもアンゲリーナ・アンドレーエヴナから、あなたをよろしくと言われているから……」「アンゲリーナ」と言った時の彼女の声は温かく、上唇が少し動いた。それは微笑んだような口元だった。

彼女の話で、ベラには分からないことがあった。何反応ですって？

オルジョニキーゼは立ち上がった。今日のところは終わったのだ。

「結核専門診療所のことは覚えておきましょうね」

ベラは彼女に詫びた。うっかりが増えた。健康診断書と検査結果は、ベラが全て持ってくることになっていた。約束したことをその瞬間に忘れてしまう。

演劇界であれどこであれ、世間には優しい人たちがいる。みんな最近、彼女を一人にしておかない。女優やメイク、美術担当の女友達は食べ物を持ってきたり、料理をしてテーブルに並べてくれたりした。

「ベラ、かわいそうなベラ」友達はベラに色々なニュースを持ってきてくれる。誰もかれも大変で、みんな病気や不幸を抱えていた。

「私たちだって老いるのは辛いことだって知ってたわ。でもこんなに屈辱的でもあったなんて、考えもしなかった」

彼女たちが話すことにベラは耳を傾けてはいたが、聞いていなかった。聞いていたとしても、自分のこととして受け取ってはいなかった。周りを見回し、客の方をじっと見つめたりしていた。

「ほら、こんなに忘れっぽくなっちゃって。ベラ、あなた検査を受けに行ったらいいのに。ワレンチーナはね」ベラはワレンチーナを覚えているだろうか。「ほら、劇場の文学部門のよ。彼女のご主人も亡くなったの。うちの診療所にいい神経科医がいてね。ワレンチーナはすごく助かってたわよ」

ベラは台所で皿を洗っている。彼女は自分で食事を温めることだってできるし、蛇口を開けっぱなしにして階下を水浸しにしてしまうこともない。火や電気にも注意しているし、身だしなみにも気を遣っているし、健康管理もちゃんとしている。他人の手を煩わせずに十分やっていける。自分ではそう思っていた。そろそろ、そうね、お茶を出そうかしら？　そこでベラはおびえてしまう。あっちの部屋には人がたくさんいるわ。知らない人がたくさん。

「どうしたの、ベラ」女友達が口々に言う。「みんな友達じゃないの、レフとあなたの。いいわ、大丈夫。そこでまだ座ってなさいな」

街で迷子にならないように、住所を入れたブレスレットを作ってもらわなければ。何も特別なことではない。歩けなくなって人工関節にしないといけない人もいるし、この年齢で怖いのは高血圧。

「うちのベラ・ユーリエヴナは――おつむが弱い。レーニンみたいにさ」照明係のペーチャが飲みすぎた様子で台所に現れた。

「うちの劇場の名前は、まだお忘れじゃないですか？　モスソビエト劇場？　エルモーロワ劇場？　それともスタニスラフスキイ劇場？」ベラは曖昧にうなずいた。するとペーチャは、もういいというように手を振ってこう言った。「もうその方がいいですよ。全然何も分からない方が」最後まで話さないうちにペーチャは小突かれ、素面になったらひっぱたいてやるとおどされた。

ベラは劇場仲間に愛されていた。ただメンバーの一員であるというだけで、長いこと舞台に出てはいなかったけれど。ベラに何かできることを見つけてあげて、仕事を始めさせないと。何もすることがないと、彼女はだめになっちゃう。もしかしたら、リーナが後で顔を出すかも、何か考えてくれるかもしれない。――皆、本当に優しい。役者と友達になるのは難しいよ、だって不幸があるとすっ飛んでって、悲しむ様子や感情をこっそり盗んで役作りに役立てようってんだから、と夫のレフが言うのにベラは同意できない。

あ、リーナが来てくれた。私たちの天使、アンゲリーナ。ほんの数分だけなのに来てくれるなんて本当に優しい。

「リーナなら何か考えてくれるって分かってたわ！」女友達が歓声をあげた。まさにその通り！　リーナは本当に立派、何でも引き受けてくれる。山積みの問題をそれは鮮やかに片づける！　子どものように自然体で、化粧だってほとんどしていない！　それに着こなしも、さりげないのに美しい。全てが小さくてエレガントで、靴なんてそれこそ子供百貨店《ジェーツキーミール》で買うしかなさそうなサイズ。それにこの小さなリュックも感動的。リーナのもの全てが美しくてぐっとくる。しぐさも、表情も、声のトーンも、まなざしも、全てがぴったりだ。

「ベラ・ユーリエヴナ、善いことをするのは何よりの喜びよ」リーナはちょっと頭を下げ、右の手を胸に押し当てた。「このレフ・グリゴリエヴィチのご遺影、なんて素敵なの！」リーナは喜んで腰を落ち着けたいところだろうが、下で車が待っている。

　さて、これがベラのお仕事。子どもたちに昔話の読み聞かせ。「おもいやり基金」というところまではトロリーバスで十分くらい、天気が良ければ歩いても行ける。昔話だけってことはない。短編小説でも中編でも、ベラ・ユーリエヴナの朗読は素晴らしい。周りも素晴らしい人たち。リーナは彼女ににっこり、ベラもそれに応えて微笑んだ。

　分厚い方眼ノート、昔は四十八コペイカしたやつ。左ページは空けておき、右ページには本文。「ねえ、ぼうや」、——縦の波線——「今日は」——アンダーライン——「あなたにお話を聞かせてあげましょう」――チェックマーク、息継ぎ。昔気質の俳優は、決して印刷された台本のまま演じることはない。全て自分の手でノートに書き写す。「昔々あるところに、おじいさんとおばあさんが住んでいました……」縦の波線は区切り、二重線は大事な語、二重縦線はポーズ。矢印はイントネーション、上げたり下げたり。左ページの空いているところはコメント欄。あ、そうだ。結核専門診療所。ん？　結核診療専門所？　ベラは考え込む。前にどこかでオルジョニキーゼに会った気がするんだけど……。

「おもいやり基金」で働いているのはターシャ、彼女は明るい子だ。それに他にも若い女の子たちがいる。ベラはまだ、女の子たちの名前をきちんと覚えていない。ターシャは、診断書のことは手助けすると約束してくれた。「検査結果なんてくだらない。あんなのは適当でいいのよ、PCで作っちゃいましょう。本物よりもいいのができるから。少し待ってくださいね」

「ベラさん、明日うちにどんなお客様が来られるかご存知ですよね」

ベラはうなずく。はい、もちろん。やっぱりベラが上の人のところへ行って、いつ仕事にかかったらいいか聞いてくるべきかしら。

「いいえ、今じゃないの」ターシャが彼女に待ったをかける。

「結核診療所、麻薬科の診断書、エイズの血液検査、それに肝炎の検査結果がないうちは、子どもたちのところへは入れないんです。診断書は私たちで作成できるけど、今日は適当じゃないわ。オルジョニキーゼさんが役所から戻ってきたんだけど」ターシャは続けて言った。「機嫌が悪くって！　彼女と交渉するのに、ある職員が派遣されてきたんだけど、その人が散々色んなことを約束しておきながら、なんと今日退職したそうなの。もちろんその職員は、何の責任も取ってくれないわ。またゼロから始めないと。こんなの毎度のことよ」

「役所にとっちゃ、私たちがいようがいまいが一緒なのよ」ターシャは自分の言葉をドラマチックに言いたいみたいだけれど、眼は陽気で、大きく見開かれている。

「読み聞かせに、何の本を選んだの？」誰かがベラに尋ねている。

「お願いだから『がちょうはくちょう』だけはやめてね！〈がちょうはくちょう〉が連れ去った子は、最後は死んでしまうから」

ターシャの爪は一本一本違う色をしている。両手の手首のほんの少し上のところに傷があり、何か茶色でくっきりと線が引かれている。女の子たちは、母音をはっきり発音せずに、ものすごい早口でしゃべる。唇を横に引っ張り、口をあまり開かずに。

ターシャは子供百貨店《ジェーツキーミール》から買ってきたジャケットのことをぺちゃくちゃしゃべっている。店員に、このジャケットを着て男の子たちはどこに行くのかしらって陽気に言われたから、これはあの子たちがたった一度だけ、人生一番の哀しみの時に着るものなんです、だからご心配には及びません、この子たちに服が小さくなってしまうことはないので……と言って、相手を茫然とさせたという話を。それが店の皆にひどくショックを与えた。そして店員はターシャに領収証を書き忘れてしまい、ターシャは経理に文句を言われてしまった。

女の子たちはその日、たくさん涙を流したし、ベラも悲しかった。何が悲しいのか自分でも分からなかったけれど。頭の中は、空白の部分がますます広がっていき、その空白の間の細い道や壁はどんどん狭くなり、ときどき怖くなる。この細道や壁がもうすぐなくなってしまって、頭の中に残るのは――牛乳が凝固してきたときに残る白っぽい液体、あれって何て言うんだっけ？

――あ、思い出した。「乳清」。

さてと、ベラは今のうちにカップを洗いに行くべきかしら？　それから向こうに座って。で、誰がいつ来るんでしたっけ？

「お客様よ。ビッグな人」ターシャはまた陽気になった。「お客様はビッグな人で、一緒に記念撮影するために、できるだけ小柄な百七十センチ以下の医者たちを集めるよう指示が出てるの。笑い話ね」

日が経って陽気も変わり、とても暖かくなってきた。でもベラの仕事といえば、女の子たちの話を聞いて、カップを洗い、思い出すことだけ。沈んでしまうことのない、安全な島がいくつかあって、そのひとつがレフとの初めての出会い。

あれは冬、ウラジーミル地方の保養所でのこと。若い女優のベラが、どうしてこんなところに来ることになったのかしら？　まあ、彼女はそこがとても気に入ったのだけれど。あのウラジーミル地方にいた時ほど、空を見たことはなかった。空だけでなく、休暇で来ている人たちのこともたっぷり眺めた。近眼だけど、眼鏡をかけるのが恥ずかしかったので、人のそばに寄って行っては目を大きく見開き、ずうずうしく見ていた。

レフはがっちりした体格で唇が厚く、髪は黒みがかっていて、非合法に近い数学セミナーで来ていた。そしてロビーの、「クイブィシェフ記念保養所」の利用規則を入れた額の前に立っていた。額のガラスに映ったベラに彼は気がつき、自分に向けられた視線をとらえ、恐らくこう考えたのだろう。この娘と仲良くなるのは難しくないな、と。ベラはそんな風にうっとりと彼を見ていた。レフは彼女に、一緒に利用規則を読んで笑おうよと誘ったが、ベラはもうここに数日滞在していて、規則は空で覚えてしまっていた。

「第一条」、額に入った利用規則に背を向け、演説調でベラは言った。「寝室にトランク、食料、及びスキー板を置くことを禁ず」習ったように、横隔膜に力を込めて呼吸する。「第二条、利用者はベッドを常に整えておくこと。第三条、当階の鍵番の許可なく、部屋を行き来することを厳禁とする。第四条……」

そうよ、突如としてベラは思いつく。どうして自分はオルジョニキーゼを知っているのかしら。──彼女は鍵番だわ。あの時とちっとも変わってない。そこでベラの考えはまた濁った液体に覆われ、最後まで考えることなく止まってしまう。

レフはこの鍵番の警戒心をうまく解くことができたが、ベラが彼の部屋へ行くことができたのは、ほんの一、二時間かそこら、彼と同室の人がセミナーへ行っている時だけだった。それも静かに、あまり音を立てないようにしなくてはならなかった。ベラには恋愛経験はほとんどなかったから、こんな状況も気にならなかった。だってレフとの恋愛関係には、続きがあるはずもなかったから。第一に、彼はレニングラード、ベラはモスクワに住んでいたし、第二に、レフが言うところによれば、近いうちに反体制運動をしたかどで逮捕されるだろうということだった（恐らくこれは彼の誇張。だって逮捕されないどころか、仕事をくびにもならなかったのだから）。そして第三に、レフは結婚していた。人間は重婚する生き物だよ――そう彼はベラに説明した。彼は自分の妻にも常にそう言い聞かせているし、そもそも出会った人すべて、男性にも女性にも、ことあるごとにそう言っている、と。そうしてベラは、自分の中にはそういう考えはないのに、同意してうなずくのだった。一夫多妻主義だというなら、しょうがないわ。

ベラはがらんとした病院の中庭をぶらぶらしている。暑くて、ノートであおぎながら日陰を探している。分かったのは、ここの、この建物にいくつか「おもいやり基金」の部屋があり――責任者であるオルジョニキーゼの執務室、経理室と、もうひとつ大部屋――そこにターシャと他の女の子たちがいる。ドア横の札にはこうある。「患者及びその家族の事務棟への立ち入りを禁ず」。それから、手書きで「ご協力をお願いします」。そういうわけで、ここに子どもたちはいない。中庭の向こうの別の棟にいる。

一日に何度か中庭に、太めで短い顎髭のある若い男性が現れる。上から下まで赤い、というよりエンジ色の服を着ている。喧嘩っ早いけど、スペシャリストだと皆が言ってる。こんなに素晴らしい人はどこにもいない。基金や私たちがいなければ、彼はどこに職を得られたかしら。

「サーシャ、たばこは止めて」そう指図しながらオルジョニキーゼは、煙が入ってこないよう窓をぱしゃんと閉めた。

「父称をお忘れでしたら、僕のことはドクターと呼んでいただいて構いませんがね」そうサーシャは食ってかかるが、オルジョニキーゼはもう聞いてはいなかった。彼はベラの方に向き直って言った。「すごいおばさんですよね？　保健大臣にでもなればいいのに。それか重工業大臣。いや、これからなるかもしれないいな」

ベラはなぜか彼を信頼できた。「オルジョニキーゼさん、鍵番に似ているわ」彼は大声で、腹の底から笑う。ベラはここで初めて人を笑わせることができた。

サーシャはずっと以前に、舞台でベラを見たことがあった。役は大きなものではなかったのに、とても気に入ったことを覚えている。ティーンエイジャーのサーシャは、毎晩のように劇場に連れていってもらった。継父が彼の成長を考えてそうしたのだ。

「あそこの劇場で演じられてましたよね、何ていったっけ……」指を鳴らしながら、ベラが劇場の名を教えてくれるのを待っているが、それからすぐに彼女を見て言う。「すみません。もちろん何劇場でもいいんです」

とりたてて何も起こることはなく、ベラにはあまり意味の分からない会話で日々は過ぎてゆくけれど、皆、ベラがノートを持って隅っこに座っていたり、中庭であちこち場所を替えたりするのに慣れたようで、ベラをほとんど気にすることもない。そのかわり、カップはいつもきれいになっている。ベラも皆に慣れて、何も訊ねることはしない。演劇をやっていると、忍耐することを覚える。すぐに事が運ぶ保証はまったくないこんな時、よく言ったものだわ。今日だか昨日だか、ベラは偶然オルジョニキーゼに会ったが、彼女はベラの頭の上の方を見てたった一言、こう言った。「待ちましょう」

「僕がここに医長として来た時は、時代が違ってました」サーシャはまた一服している。「器具も薬も、袋いっぱい海外から運んで来たんです。医者仲間たちが細かいものをあちこちから集めてきてくれて。その後で現れたのが彼女ですよ」そう言って彼は指さした。「自分の基金と一緒にね。我々は感謝してますよ、おばさんは多くのことをしてくれた。でも我々には、この病院の幹部だけで十分なんですよ。十分以上だ」

ベラは注意深く聞いている。彼は滑舌がいいわ。母音がしっかりしていてふくらみがある。

「で、今度は『おもいやり基金』の顔、あなた方のアンゲリーナ」そう彼は声を高めて言った。「昨日、どんなことを彼女が書いたか見ました？　まあ署名しただけかもしれない。大した違いじゃないが……。新聞をお読みにならなくて幸いですよ」

サーシャは自分を強く見せたいんだわ。サーシャに言える言葉を見つけないと。そう言えば、レフが最近言ってた。

「ベラ、人生で普通のもの以上を欲しがる人間は、他人を踏みつけていくことのできる人間だよ」

サーシャは合点の行かない顔をしている。レフって誰だよ。彼女の夫？　そして出て行った。外来診療だ、子どもたちが待っているから。レフとベラは、保養所からほとんど同時に出て行った。でも、彼はレニングラード、ベラはモスクワへ。三週間後にクラースヌィエ・ヴォロータ駅で会う約束をして、時間も決めた。ベラのところにはその頃まだ電話はなかった。

そしてその夜のこと。もしかしたら次の日か、もっとあとだったかもしれない。若い子たちが話していた。皆、辞めてしまって働く人がいなくなってきている、誰もが重病の子どもたちに対応するのを嫌がるけれど、最近ではどこでもこんな状態。子どもたちを治療のために外国へ送り込む資金もそろそろなくなってしまうし、とすると、以前のように、子どもたちの親がオルジョニキーゼの足元で懇願するようになるんだわ――それは気の弱い人にはとても耐えられない光景よ。あの人以外に、耐えることのできる人間なんていないわ、と。そしたら多分、基金ができた頃のように、帽子の中に入れた紙切れを引いて、誰にお金をあげるかを選ばなきゃならなくなる。くじ引きでね。だからこうなったら望みはひとつ、明日来てくれる人だけ。彼が助けてくれなければ、怖い〈がちょうはくちょう〉が子どもたちを連れて行ってしまう――そうでしょ、ベラ・ユーリエヴナ？――だからすごく時期が悪い、でももしかしたら逆にすごいチャンスかも、アンゲリーナの周りでマスコミが騒ぎ始めたから。

当のアンゲリーナがやって来た。見たところとても苛立っている――ターシャや他の人たちと挨拶したが、ベラにはわずかにうなずいただけで、すぐに視線を逸らしてしまう。何かしてしまったかしら、とベラが考えようとしていると、オルジョニキーゼが部屋に入ってくる。

「携帯電話より重いものを持ったこともないくせに、人を非難するわ。病棟に電話して。感じのいい若い男性《ひと》に来てもらうように言って。スラブ系じゃない方がいい。待って！　アンゲリーナの方から行くわ。白衣を渡してやるように伝えて。あと靴カバーを彼女と、カメラマンにも」

アンゲリーナは病棟から戻ってくると、皆とコーヒーを飲み、涙を流し、胸に手を当ててこう繰り返した。子どもたちを助けられるなら、悪魔にだって、魔物にだって魂を差し出すのに……。皆はアンゲリーナみたいに素晴らしい人はいないと繰り返し、一緒に写真を撮り、オルジョニキーゼ以外は皆一緒に泣いた。オルジョニキーゼはただ顔をしかめていた。ベラも皆と一緒に、アンゲリーナに同情するほうに参加した。だって彼女はベラにもたくさん良いことをしてくれたから。今はなぜかベラから目を逸らしているけれど。

医者のサーシャがやって来て、ベラは今になって彼が赤毛だったことに気づいた。サーシャもまた、ひどく腹を立てていたけれど、それは何か個人的なことで、ちらちらとアンゲリーナを見て、血圧が上がりますよ、落ち着いてと頼んだ。自分の仕事のことについてくだらないことを書かないでくれと――「ユニークな手術」など何もしていないと。

「な、何も起こってはいないんだ！」興奮して彼はどもっていた。「ええ、日本人の男の子を治療しましたとも。手術したのはロシア人の子どもではないです！　朝っぱらから僕に、インタビューをと押しかけてくるんだ！」

オルジョニキーゼは肩をすくめる。何を感傷的に、くだらない。

「みんな、明日のことをちゃんと考えましょう。段取りをプリントして、全員に配って下さい。各自が自分の役割を覚えられるように」と彼女は言った。

「あの人が……あの人が本当に来るんですか？」女の子の一人が聞く。

「少なくとも、まだ私たちは彼の予定表に入っています」

「撮影会なんて！」サーシャが声をあげる。「参加したくないね！」

「これはあなたのためではないんです、ドクター！」オルジョニキーゼは言い返した。「これは仕事です、子どもたちのための。とは言え、あなたにとっても、こういう写真は邪魔になりませんがね」そして、にやっとして続けた。「身長は合格点のようですよ」

ターシャが会話に割り込む。

「パスポートにその写真を挟んでおけば、税関だろうと交通警察だろうとノープロブレムですよ」

「ドクター、私とは写真を撮って下さるかしら？」アンゲリーナが突然、さらっと尋ねる。涙は乾き、元の可憐で落ち着いたアンゲリーナだ。

サーシャの頬と額が赤くなる。

「あなたとでしたら、もちろんです。」

話は具体的な請願内容に移っていく。窓の外は暗く、もうかなり遅い時間だ。ベラは頭を壁にもたせかけ、目を閉じている。ターシャは小声で「お送りします」と言うが、彼女はまだ座って聞いていると答える。

口論する声で彼女は目を覚ます――またサーシャとオルジョニキーゼが言い争っている。

「たしかあなたは、一時間前には誰かさんと握手するつもりもなかったんじゃ？　それがもう、こんな支援要請物資一覧表まで出してくるなんて！」

「なんで我々に礼拝所がいる？　看護婦たちに給料も払えないってのに！」サーシャが叫ぶ。

「人は錠剤のみにて生くるにあらずですよ、ドクター……礼拝所は良い印象を与えるわ。彼は信仰に篤いから」

会話に突然入ってきたのは、アンゲリーナとやって来て待ちくたびれた、のっぽのカメラマンだった。

「ところであの方はレニングラード交響曲のテーマを知っておられますよ」

同じようにひどく汗ばみ、赤い顔をしたオルジョニキーゼはうなずく。ほら、言った通りだ。

「だから何だってんです？　だ、大体どこでそんなことを知ったんですか？」サーシャがまたどもる。

カメラマンが呆れて両手を広げる。「広い教養の持ち主ですから。よく知られたことですよ」

「これが普通の人の話なら、レニングラード交響曲のテーマをご存知とはご立派な、とは絶対に言いやしないでしょうよ！」

「サーシャ、興奮しないで」オルジョニキーゼの声にはいつだって厳しい、鋼鉄のような響きがあったが、今はそれがレールの唸りのように轟いた。

「これが他の人だったら、そんなことが長所だなんて言いやしないでしょう――僕にだって、僕のとこの看護婦にだって、可哀想なアルツハイマーのおばあちゃんにだってね！」

沈黙。サーシャが急いで出て行き、他の者は視線を落としたまま座っている。オルジョニキーゼだけが、探るような目つきでベラを見ている。

「レニングラード交響曲のテーマを知っていますか？」

これでベラにも台詞が回ってきた。「レフに聞いてみます」彼女は答える。「レフは、ショスタコーヴィチの作品を全て知っているので」

アンゲリーナがベラに近づき、肩に突然キスをした。どういうこと？　ベラは自分の頭の中に、大きくてはっきりしないものを感じる。ターシャは彼女をトロリーの乗り場まで送っていき、ベラはもちろん自分でたどり着くことはできたのだが、結局家まで送ってくれ、ベッドに寝かせる。ベラは彼女のするに任せている。ベッドも自分のではなく、アパートも知らない他人のところのような気がするのだけれど。

「しばらく家にいて下さいね、ベラ・ユーリエヴナ。あの人のことが片付いたら、電話しますから」ターシャの歯は真っ白で、大きな目をしている。薄暗がりで輝いて見える。


ベラが自分の家として覚えていたアパートは、本当はターシャが連れて行ったところではなく、地下鉄の同じ線のもっと都心の近く、ハモーヴニキにある。実際にはアパートではなく、共同住宅《コムナルカ》の一部屋で、他の二部屋には年金生活のシューラおばさんと、塗装工をしている酔っ払いのニーナが住んでいる。アパートは半地下にあり、ベラの部屋までは二つの行き方がある。通常の、入口を通って階段から行くのと、窓格子を外して、天井の下にある窓から入るのと。

もちろんベラはレフに自分の住所を教えることもできただろうし、彼だって自分で彼女のところまで行くことはできただろう。もしくは行かなかったかもしれない。二人が別れてから三週間は、そう短い間ではない、何だって起こり得た。例えば、レフの逮捕とか、彼の気が変わるとか(自分の気持ちにベラは自信があったが、彼は自分で決める余地をベラに与えていた)、それに加えて、レフのレニングラードにいる妻が重婚についてどう考えているのか、本当のところは分からなかった。

約束の日、彼女はとても早くに目が覚め、自分の部屋を眺める——レフが部屋をそうやって眺めるであろう、そんな眼差しで。朝ご飯を食べながら、ニーナはもう仕事に出かけたことに気づく、よかった。シューラおばさんは、ちょうどその時そこに現れる。あとは――まだ時間はある――髪を洗って、きれいにセットしようと思う。つい最近、髪を切ったばかりのような気がするのに、もうこんなに伸びてしまった。友達が、新月の時に髪を切ると、すぐにまたぼうぼうに伸びてくるから切ったらダメって。そう言えば、髪には特に雨水が良いのだけど、三月では無理。水道水でもいけるでしょ。

ヘアドライヤーの代わりに――ハンドドライヤー、なかなか便利。これはソビエト軍劇場の観客用トイレから盗ってきて、ベラにプレゼントされたもの。座って、頭の上のレバーを下げればいい。時間はたっぷり過ぎるほどあった。けれどベラは少し疲れを感じていた。朝の八時は、女優にとってはまだ真夜中で、目が閉じる。でもなんと、その目が開いたのは十一時になってから。最低！　最悪！　彼女の人生には、これ以上最悪なことはなかった気がする。あー、全く大失敗。二時間半――ああ！　待っていてくれるわけない。駅につくたびに、車両から車両へと走り移る。急げー！　ジェルジンスカヤ駅！　キーロフスカヤ駅……

「レールモントフの像で」ベラに待ち合わせ場所を言いながら、レフはこう付け加えた。「彫刻家はブロツキイ」。ペテルブルグの人には、こういった知識は当たり前のものだ。彼女のレフが階段をゆっくり歩いている。そばに本が入ったリュックとスーツケースが二つ置いてある。彼女は目が悪いので犬が座っているのかと思った。「よう。元気？」レフが言う。

思い出の中では、その後空白がある。いや、ベラはちゃんと覚えている。レフはとても自然に、半地下の彼女のところへスーツケースを持って潜りこみ、尋ねた。「さてと、今度は派手にやってもいいよな?」レフがアパートに現れたことを大人しくシューラおばさんが受け入れるとはびっくりだが——彼に住所登録のことを聞くこともせず、その日一日、特に二人の視界に入ってくることもなかった。

時間はゆっくりと流れ、二人はしゃべり続ける。もちろん主に彼の仕事のことを。レフは食いっぱぐれがない——家庭教師でも翻訳でも、いつだってできるし、最悪でも——頭の悪い奴の代わりに学位論文の執筆だってできる。そして反体制運動については——多分彼はもうやめるだろう。危ないからではなくて、飽き飽きしてしまったから——自分を常に善人だと考えねばならないということに。まだまだたくさんのことを話し、二人はハモーヴニキにある閉鎖されなかったニコライ教会や、実のところベラはまだ入ったこともない、トルストイ博物館の周りを散歩し、ノヴォデーヴィチ修道院まで歩いてしまう。ベラはレフにモスクワを気に入ってほしかった。嬉しいことに、彼の中にペテルブルグ特有の傲慢さはかけらもない。それからもう家のすぐ近くまで来ると、突然ベラは始め気づかないくらいに、それからはっきりそれと分かるほどに泣きだしてしまう。彼にヒステリックな女だとはどうしても思われたくない。女優は皆ヒステリックだなんてとんでもない。それを言うなら、男優の方がずっとひどい。レフは答える。「涙に言い訳なんかいらないよ。だって、まさにこの今日という瞬間は二度とないんだから」

夜中ずっと雨が降り続け、ベラは目を覚ましては寝返りをうち、またうとうとした。ちゃんと目覚めたのは、電話のベルが鳴ったからだ。そして女の人の声が、早口で陽気に、母音をはっきり発音せずにこう言っていたからだった。

「ベラ・ユーリエヴナ、全て中止になりました。あの人は来ません。誰って?」笑い声。「レニングラード交響曲のテーマを知っている、あの彼ですよ」また、笑い声と、それから別な声が「風邪でも引いたのか、それか腹痛かも。あなたの診断書は作成しました。ベラ・ユーリエヴナ、読み聞かせをしにいらして下さいね。どうしたんです? 私たちが分かりませんか?」

ベラは物思いに沈み、受話器を置いた。診断書、交響曲——訳の分からないものが周りにいっぱい。行くべき? そう、もう時間だわ。またも彼女は、寝ていて何か大切なものを逃してしまった。

ベラは中庭に立ってうんと上を向き、雨雲に見惚れる。あの中は生命力や活気で満ちていて、ひょっとしたらあの雲から今すぐにも雨が降るかもしれない。その通り——一瞬の後、レフのお気に入りの映画にあるように、ざあっ——するとどこも水浸し。と、次の瞬間、ほとんどすぐに太陽が顔を覗かせる。ベラは目を細め、濡れた髪を陽に当てる。髪には雨水がいいのだ。

ベラの頭の中は、最近にしては珍しいくらいにすっきりしてきた。アパートの中庭の向こうの入り口近くを彼女がずっと待ちわびていた男性が歩いてる。ベラは彼を呼び、手を振る。聞こえないはずないのに、なぜ答えないのかしら? それにどうして犬がいるの? ベラとレフには犬はいなかった。子どもも犬も、一度もいたことはなかった。

（中野朗子訳）

Конфеты Достоевского

ドストエフスキイのショコラ

デニス・ドラグンスキイ

道に迷った。さあ、どうしよう！*

そう、これはボンボン・ショコラ。ギムナジウムに通っていたひいおばあ様がドストエフスキイ先生からいただいたボンボン・ショコラ。もちろんショコラはもう誰かが食べてしまったけれど。でもここに、ショコラが入っていた可愛いブリキの小さな缶があるわ。

缶はもう無くなってしまった。ひいおばあ様の息子が戦争に行くとき、たばこ入れにしようと持っていったの。その人は戦争で殺されて、ほかの死体とまとめて土に埋められた。多分、ショ

*アレクサンドル・プーシキンの詩『悪霊（Бесы）』の一節。ドストエフスキイの『悪霊』も原題は同じ。

コラの缶も一緒に。

ほら、ここに大きくてきれいなカップボードがある。かつて、その棚にはひいおばあ様がドストエフスキイ先生からいただいたショコラの缶が置いてあったカップボード。

カップボードはもう無くなってしまった。戦争中、冬場にペチカで燃やされて。でもそれはひいおばあ様の息子、つまりわたくしのおじい様が殺された戦争のときではなかった気がする。また別の戦争だったような。

でもここに、とても広いダイニングルームがあるわ。ショコラの缶が棚に置いてあった、大きくてきれいなカップボードがあるダイニングルーム。

ダイニングルームも無くなってしまった。中は三つに仕切られて、応接間のような部屋と寝室もどきの部屋と玄関のクロークルームみたいな小部屋に作り変えられた。だって廊下にコートを掛けておくのは危険だったから。盗まれてしまう。

その代わり、住まいは残ったの。ひいおばあ様がギムナジウムに通っていたとき、ドストエフスキイ先生が下さった可愛いショコラの缶が棚に置いてあった、大きくてきれいなカップボードがあった、広いダイニングルームのある住まい。ひいおばあ様は十二歳ぐらいだったかしら。一八八〇年ごろのことね。

そのあと、その住まいは、何とかというややこしい名前の役所に没収されてしまった。「住宅供給販売取引センター」だったかしら。ああ、もう覚えられやしない！

でもほら、ここにアパルトマンが立っているでしょう。二階にその住まいがあったの。中にはとても広いダイニングルームがあって、窓がふたつ、丸いテーブルに椅子が六脚、ソファー、それにクリスタルビーズの豪華なシャンデリアがついていて、窓と窓の間には、ドストエフスキイ先生からいただいたショコラの缶が棚に置いてあった、大きくてきれいなカップボードがあった。ショコラの缶は、お菓子入れになっていたみたいね。

アパルトマンは焼けてしまって、跡地には夏だけオープンする映画館が建てられた。そのあと、そこに爆弾が落ちたの。なんて運の悪い場所なのかしら！

通りは残ったわ。陶器の砂糖入れと銀のミルクピッチャーに挟まれてショコラの缶が棚に置いてあった、大きくてきれいなカップボードがあった、広いダイニングルームのある住まいが二階に入っていたアパルトマンの跡地に、映画館が立っていた通り。ショコラの缶は、うちの家宝よ。ギムナジウムに通っていたひいおばあ様がドストエフスキイ先生からいただいたの。ひいおばあ様のママンは、なぜだかこの話が気に入らなかったようだけど、パパは、その缶を残しておくようにって言ったわ。何といってもドストエフスキイ先生ですもの。

空襲はなおも続いて、町の半分ぐらいが焼き尽くされた。だから戦後、すべてが再設計されて、町はすっかり様変わりしてしまった。

そういうわけで町は残ったのよ。かつて住まいが入っていたアパルトマンの跡地に、夏だけの映画館が立っていた通りのあった町が……。

もう繰り返すのは疲れたわ。ただその昔、この町をギムナジウムに通う女の子たちが行きかっていたこと、ドストエフスキイ先生ご自身がこの町にいる遠い親戚の家に立ち寄られたこと、そのときに開かれた文学の夕べで、ひいおばあ様が手紙の暗唱を……、ワルワーラ・ドブロショーロワがマカール・ジェーヴシキンに宛てた手紙の暗唱を披露したことなどを思い浮かべると、少しは温かい気持ちになってくる。

それから町では、メリヤス工場や発電機工場が閉鎖され、工場の建物は商業娯楽施設になった。でも誤算だったようね。売る商品もなければ、楽しませる相手もいないんだもの。

住民たちはあちこちへ引っ越していったわ。アパルトマンの中は集中暖房も水も止まったまま、ふた冬が過ぎ……とうとう町は無くなってしまった。何棟かあったアパルトマンは崩れ落ち、窓枠には割れたガラスの破片が残って、キラキラ輝いている。建物と建物の間には、紫色をした柳《ヤナギ》蘭《ラン》のつぼみが、ぽつんぽつんとまばらにあって、まるでろうそくが灯されているよう。

本当にきれい。アパルトマンの跡地にできた、夏だけの映画館「アヴァンギャルド」が立っていたキーロフ通りのあった町が、一面に紫色の草原や原っぱになって――。そのころは通りの名前もキーロフではなくて、ニコラエフスカヤといって……あら、パヴロフスカヤだったかしら？　大して変わらないわね。どうせ過ぎたことだもの！　アパルトマンの二階、階段を上がって左側。そこにドストエフスキイ先生からいただいたショコラの缶がガラス扉の中の棚に置いてあった、ツイスト装飾と大理石カウンター付きの大きくてきれいなカップボードがある、それはそれは広いダイニングルームを設けた住まいがあったの。


あ、これはわたくしだわ。もう八十二歳になった。

もちろん厳密に言えば、わたくしではないけれど。

わたくしの抜け殻。病院の長い廊下を、ストレッチャーで運ばれていく。廊下はリノリウム張りで、継ぎ目を留めた薄い板の上を通ると、ストレッチャーが少し跳ねあがる。わたくしの頭は

グラグラ揺れる。今朝はまだその頭は、昔、アパルトマンが立っていた通りのあった町にできた、紫色の草原のことを覚えていた。そうそう、アパルトマンは三階建てで、正面玄関に入り口がひとつ、住まいの数は全部で六戸。ひいおばあ様の住まいは二階の左側、三号室。でももう充分よね、よしましょう。ほら、到着したわ。そして夜には切り裂かれてしまうの。内臓の摘出と頭蓋骨の切開。ひょっとしたら、この人たちはひいおばあ様のアグラーヤ・チモフェーエヴナが、ドストエフスキイ先生からいただいた可愛いショコラの缶を探しているのかしら？　それとも違う？　何のために八十二歳を過ぎて死んだ老婆を解剖する必要があるの？　やめてよ、そんなこと。そのままにしておいてちょうだい。

残念だわ、あのボンボン・ショコラを味見していなくて。

親愛なるドストエフスキイ先生！　わたくしの分はどこですか？　丸くてアーモンドペーストが入っていて、ウエハースの粉がまぶしてあるショコラ……。

ありがとうございます。まあ、すごく美味しい。でも申し訳ないのですが、わたくし、先生がお書きになった『悪霊』を、どうしても最後まで読み切れなかったんです。

（吉田差和子訳）

Мечта номер пять

願望　その五

デニス・ドラグンスキイ

最初の彼の願望は、彼女をもう一度見ることだった。

大学の体育の授業のときに、グラウンドの幅跳びのグループで、たまたま彼女を見かけたからだ。皆と同様、教官の威勢のよい掛け声に乗って、彼女は助走し跳んでいた。だけど、着地するとき、他のみんなは目をつむるのに、彼女は反対に大きく目を見開いていた。彼はそれがとても気に入った。彼女の脚は引き締まって、胸はとても小さそうな感じがした。それも彼には好ましかった。そのあと彼女は走って行ってしまったので、何学部の何年生なのか知ることもできなかった……。

もう一度彼女を見たいという願望を持って、彼は体育の授業に通いだした。すでにテニスを選択し、体育の教官から単位をもらっていたが。

願望は実現した。通いだして四度目に、彼女はまた幅跳びにやってきた。彼は彼女に見とれ、知り合いになりたいという願望を抱いた。

それも実現した。簡単すぎて、驚いたぐらいだった。だけど、だいたい自分の大学の女の子と知り合いになることが、そんなに難しいはずはない。

まあ、彼女はあまり口数の多い方ではなかった。「やあ、元気?」「まあね、ありがとう」しかし、この「ありがとう」がひっかかる。なんだか空虚で、無関心な感じがした。それに「あなたは? そっちはどうなの?」と聞くことは決してない。

授業のあと、彼女を送って行くようになった。彼女の住まいはとても遠く、ほとんどもう郊外だったが、一緒にバスに乗って行くのが楽しかった。特に終点に近づき、乗客が少なくなり座席が空いて、座れるようになったときが楽しかった。最終的に彼女が窓際に、彼がその横に座った。彼は少しずつ彼女に近づき、彼女の堅い肘と熱い太ももを感じた。だがあるとき彼女は言った。「ねえ、ちょっと……」と顔をしかめ、ことばを選びながら、「どうしてそんなに寄りかかってくるの? 私、窮屈なんだけど」。彼は思い切って、彼女の肩を抱いて言った。「君のことがすごく好きだからだよ」「だったら、私をカフェとか友だちの家とか、お芝居でもいいから、どこかに誘ってくれたらいいのに。小学生みたいに、重いカバンを持ってついて来るだけなんて」まっすぐ前を見つめたまま彼女は言った。

ふたり一緒に、彼の友だちみんなのところへ行ったし、あちこち知る限りのカフェへ行った。ソヴレメンニク劇場やタガンカ劇場へも行った。だが彼女はキスはしたがらなかった。したとしても、無表情で無関心な感じだった。

一方、彼の方はキスだけでなく、セックスもしたいと思っていた。

した。

それはもうさんざんだった。どこだったか誰かの家に彼女を連れて行って、ふたりしてそこですごく飲んだ、とりわけ彼女の方が。彼女を自分の家に連れて帰った。彼女が歩きながら半分寝ていたので、ベッドまで引きずって行き、服を脱がせた。自分も脱いだ。その気が起こらなかった、これっぽっちも。うまくいかなかった。彼女は深く規則正しい寝息をたてるだけだった。彼の方はその横に寝て、自分の手でなんとか奮起させようとがんばっていた……　ああ、なんたる屈辱。詳細はもう十分！　結局のところ、翌朝、彼女は身なりを整えながら、まったく取り乱した様子もなく言った。「これって、とにかくあなたは私とやったってことね」彼は彼女を抱きしめ、やさしくキスした。彼女はお返しとしてそっけなく彼を抱いた。彼女の言ったことは、残念ながら、事実ではなかったのだが。

二、三日して、彼女は彼のところに来て泊まっていった。今回は本当になった。とてもよかった。だが朝、彼女は言った。「言っとくけど、これにはなんの意味もないから」

そのあと、何度かそういうことがあった。

そのあと、彼女は姿を消した。一か月後、彼は彼女を見つけた。夏だった、彼女はトゥーラ州の小さな町の親戚のところにいることがわかった。そこは田舎の民家で、彼女の現代的でおしゃれな外見にはまったくそぐわない場所だった。そこでの彼女はまったく別人のようで、服はしわくちゃ、髪はボサボサ、しかも裸足だった。「なんで来たの?」と彼女は言った。「まあびっくりした、うれしいわ、私を見つけてくれて」と言わないで。そう言うのを期待して来たのに。くるっと背を向けて帰ろうかと思ったが、やはり尋ねた。「なんでいなくなったの?」「妊娠してるの」彼女は言った。「たぶん、あなたの子。でもこのことは忘れて。じゃあね、バイバイ」彼はことばが出なかった。彼女は「犬を放してほしいの?」と言い残し、シェパードが吠えて鎖をガチャガチャ鳴らしている犬小屋の方へ、けだるげに歩いて行った。

一瞬、彼は考えた。いったい、実際のところ、自分は何に惹かれているのか? 引き締まった脚か、小さな胸か、無関心な見開いた目か、はばかることないあけすけさにか? で、それで終わり? 「結婚してくれないか……」「犬に噛まれるのが怖いから言ってるの?」「好きなんだ!」そう叫んで、よそいきのズボンのまま、踏み荒らされた草むらに膝をついて、彼女のお腹に顔をうずめた。「私も、まあ、そう」彼女はため息をついて、彼の頭を撫でた。「でも、産まないわよ、言っとくけど」

いいよ。いいよ。いいよ。

実際のところ、ぜんぜんよくなかった。式は挙げなかった、彼女が望まなかったから。引っ越して来るように頼むと「ま、試しにやってみるだけなら」と言う。「だったらなんで僕と結婚したの？」と聞くと、「あなたの説得に根負けしたのよ」と身もふたもない。両親との同居も望まないから、アパートを借りることになった。まあ、高くつくにしても、その方がむしろよかった。汚れた食器をテーブルに置きっぱなしにしたり、母つまり姑に無作法な態度をとったりしていたから。

さんざんな三年間だった。彼は絶えず彼女にお願いばかりしていた。大学を中途で放り出さないように、朝早くからポートワインを飲まないように、夜中にベッドでたばこを吸わないように、夏の半分をずっとグルジアの山の中で過ごさないように。そしてなにより、「僕を捨てないでくれ」と懇願していた。

そして彼は懇願することに疲れ果てた。ふたりは別れた。

そのあとに、さんざんな十年間があった。その間、年に一度ぐらいは彼女から電話があって、彼は彼女のもとに駆けつけた、別の町まで行くこともあった。身重の妻や百日咳の幼子を置いてまで駆けつけた。あまりのふるまいに我慢しきれず、計二人の妻が彼のもとを去った。

駆けつけたからといって、なにも得ることはなかった。「ちょっと顔が見たかっただけ」顔が見たかっただけ、だって？

そして、彼女は完全に姿を消した。完全に。何年も。

完全に姿を消したなと、なぜかはっきりと感じた。トゥーラ州の小さな町で経理係になってるか、さもなきゃ、死んでるか。

ところが、ちがった！　突然、彼女は姿を現した、それも、ド派手に！　いわゆる、大出世ってやつだ。彼女はテレビに出ていた。研修センターをチェーン展開する大きな会社を興していた。将来のビジネストレーナーを養成したい人のための訓練コース、だとさ。第三レベルのデリバティブ、実体のないところからの金儲けだ。要するに、いかさま女ってことだ。


このとき、彼に新しい願望が生まれた、五つ目の。見たい、知り合いたい、やりたい、結婚したい、が過去にあった。そして今は、罵倒してやりたい。

破産し、貧乏になり、病に倒れ、みんなに見捨てられてしまえばいいんだ。そうなったら、電話をかけてくる。自分の足で歩いて来たら、もっといい。そして、こう言うだろう。他に頼む人がいないの、少しでもいいから、お願い、恵んで。薬代を。でなきゃ、せめてパンや牛乳を買うお金を。

だが彼は、彼女をいとおしく哀れに思って涙し、唇を噛みつつ、目は曇り胸は張り裂けそうになっても、きっぱりと彼女に言う、「断る！」と。

そう、今回の願いも実現した。九分通り。
彼女は実際、破産し、裁判にかけられた。かろうじて刑務所行きは免れたけれど。体を壊し、たったひとりで場末の小さなアパートで暮らしている。そして彼は、彼女のアパートの戸口に立って、食料品の入った袋と幾ばくかのお金を彼女が受け取ってくれるよう、懇願している。

（武明弘子訳）

Сначала исчез бумажник…

はじめに財布が消えた…

セルゲイ・デニセンコ

私がその末席に連なることもある編集者たちすべてに捧げる

一

はじめに消えたのは財布だった。

気づいたのは、停留所で始発のバスに乗り込んで腰を下ろしたときだ。胸ポケットを探ってみたが、手ごたえはない。「なんてこった」と彼は唸った。小さいながらも順風満帆のホラーストーリーズ出版の極めてペダンチックかつ保守的な編集者である彼は、家を出る前にはポケットの中をかならず三度改めるというのに。無意識のうちにネクタイを直す。

しかしながら、財布はなかった。幸い、運転手に待ったをかけて、発車しかかったバスからなんとか飛び降りることができた。

この世の中のありとあらゆるものを罵りながら、彼は家へと引き返した。停留所から七分、家から停留所にまた七分……。

「ちくしょう、ちくしょう」と毒づいたが、だからどうなるわけでもなく、それは彼もよくわかっていた。

向こうからミルク缶を下げたおかしな爺さんが歩いてきた。缶には蓋がない。こんなトンマ、見たことがない！　そもそも今どき量り売りのミルクを買ってくる奴なんか、いるか？　それも、蓋なしで運ぶなんて！

「失礼。ミルクがこぼれてますよ」と彼は言った。爺さんは黙って通り過ぎた。

「こぼれ落ちているのはお前の人生だ」という声が突然聞こえた。だが振りかえっても、爺さんもミルク缶も見あたらず、ただ凍てついたアスファルトにミルクのあとが残っているだけ……。

できることなら、彼は校正用鉛筆を取って爺さんの場面を削除したいところだっただろう。だが、ミルクの白いあとは爺さんが消えた路上に点々と残っていた。「まぁいいさ」と彼は思った。

ようやく家に着いて、鍵を探した。

だが……なんと、鍵が見つからない。消えている。

「なんだ、これは！」と彼は思った。「財布が消えたと思ったら、家の鍵までなくなるなんて……。どうやって仕事に行けっていうんだ？」

思考はいささか論理性を欠いていたかもしれない。今問題なのは、仕事ではなく家なのに。しかしまぁ、どうしようもない。財布に続いて家の鍵が消えたのだ。

実のところ、彼が恐れていたのは、その日職場で予定されている編集長招集の会議に遅れることだった。だのに、交通費がない。家の鍵がないのはもちろん最悪の事態だが、しかし、こんな状況もなんとか切り抜けられるのが編集者なのだ。

そこで彼は隣に住んでいる友人のところへ出かけた。

「ねぇ、明日まで金を貸してくれないか。今日は変なことばかり起こるんだ。財布は忘れるわ、鍵は失くすわ……」

「いいとも、おやすい御用さ。だが……いったい眼鏡はどこにやったんだい？」

「どこって？」と言いながら、編集者は眼鏡のつるに手をやろうとした……が、何もなかった。財布と鍵に続いて眼鏡も消えていた。「そうそう、家に置いてきてしまったんだ」と彼はその場をつくろった。

「まぁまぁ」と友人は言い、小銭がなかったので「あとで精算すればいいよ」と大きな札を貸してくれたが、編集者はバス代にとコインも貸してもらった。

奇妙なことに、眼鏡なしでも彼には世の中がよく見えた。

奇妙なことに、財布や家の鍵がなくても、世の中はすこしも悪くなっていなかった。

編集者はようやくバスに乗って、職場に向かった。

彼はまだ知らなかったが、財布と鍵と眼鏡に続いて、彼の家や、金を貸してくれた友人も消えていた（彼は少しずつ異常を感じ始めていたが、はっきりと認識することはまだできていない）。続いて、彼がかつて愛情や責任を感じていたものや、もろもろの借りが消えた。真っ先に消えたのは（ちょうど右ポケットから携帯電話が消えたときだったが）最初の妻だ。彼女は要求や非難を浴びせながらずっと消えないでいるだろうと思っていたのに、今やその妻が、彼の人生からだけでなく、この世からもきれいさっぱり消えてしまったのが感じられた。そのうえ（彼はようやくわかり始めていたが）、当時彼が重荷に感じていた妻の友人たち、まったく異質で鬱陶しかった連中もすっかり消えてしまったのだ。

出版社への道すがら、一キロ、二キロと過ぎるにつれて、最初の妻のあとからいとも軽々と愛人たちが消えていき、やがて二番目と三番目の妻も消えた。ところで、二番目の妻はもう何年も前にこの世を去っていたのだが、その彼女も、シガレットケースとライターとともに彼の人生から消え失せた。

残念ながら、息切れや脚のだるさ、狭心症や高血圧は消えなかったが、幸いなことに、鞄に入れて持ち歩いている薬ケースは無事だった。

編集者はバスを降り、ネクタイを直すと出版社に向かった。多くのものを失って、どうやら彼は解放感を感じたようだ。財布の紛失は別だろうが。

二

職場では、その類いのことは何も起こらなかった。職場はちゃんとあった。ただ、編集長との会議は延期された。編集長が出勤せず、電話でも連絡がつかなかったからだ。

だが、編集者は皆そうなのだが、会議がなくても仕事は山ほどあった。彼はすべてを忘れ、校正用鉛筆を片時も離さず、夜遅くまで働き続けた。やがて出版社の同僚たちはだんだんと帰っていった。それとも、みんなも消えたのか、と彼は考え、そんなこともあるかもしれないと思った。

ようやく彼も出版社を後にしたが、そのときになって、行くところがないことを思い出した。彼は友人から借りた札をもてあそびながら考えた。ホテルに部屋をとったほうがいいだろうか？思案しながら近くのベンチまで歩き、腰を下ろした。そして、無意識にネクタイを直した。ネクタイは消えていなかった。

三

まん丸い大きな月が建物群の上に浮かび出ていて、屋根並みの輪郭をくっきりと際立たせていた。その様子は眼鏡を失くした編集者にもはっきりと見てとれた。ほっと気が緩んだ彼は、実存とは何ぞやという問いについて考えを巡らしはじめた。

だがそのとき、あることが彼をぎょっとさせた。正確には、あることではなく、ないこと……つまり、音が全く聞こえないということが。編集者は体を固くして、耳をすませた……。何も聞こえない。夜鳴く鳥たちのざわめきも、動物たちが忍び歩く音も……。突然遠くからコヨーテの群れの恐ろしげな鳴き声が長く尾を引いて聞こえてきた。彼は肝をつぶした。もちろんホラーストーリーズ出版の編集者はコヨーテの遠吠えをスティーヴン・キングやディーン・クーンツの小説でしか知らなかったのだが、すぐにそれとわかった。

再び墓場のような沈黙。そのとき、吐き気をもよおすおぞましい汚臭が波のように襲ってきた。腐った海藻と未知の海洋生物の排泄物が混ざり合ったような臭いだ。静寂は破られた。四方八方から、摩訶不思議な生き物たちが水かきのある足をぴちゃぴちゃいわせながら押しよせて来る。そしてそれを制して、まるで地の底からわき起こったような禍々しい吠え声が響きはじめた。人を圧し恐怖を抱かせる声だ。「いや、これはあのクトゥルフ〔アメリカの作家ラヴクラフトらがつくった架空の神話〕の呼び声なんかじゃない」と彼は思った。「そもそも、ラヴクラフトやその一派の翻訳ホラー小説をあんなにたくさん編集しなけりゃよかったんだ」。しかしながら、周囲に展開する事態に論理的説明めいたものをつけてみても、この陰鬱な体験から救われるわけではなかった。

彼は、前に翻訳したことのある作家のひとりが皮肉まじりに書いたこんな表現を思い出した。「これはまるでヒロニムス・ボスとゴヤとサルヴァドール・ダリが一堂に会してアブサンを痛飲し、もうもうたる紫煙の中で作りだしたものみたいだ」。だが、ユーモアのセンスも動物的恐怖の前にたちまち萎えてしまった。
長い間にすっかり習慣化した動作で、編集者はネクタイを直そうとした。だが、ネクタイはなかった。ネクタイが消えた！　彼は凍った道に足を滑らせながら、狂ったように駆けだした。太古の名無しの化け物が地底や海底から出現したからではない。ネクタイが消えたからだ。彼は近くにある唯一の砦、ホラーストーリーズ社のオフィスへと逃げた。振りむくと、またもや名状しがたいバケモノが目に入った。鋭い爪と水かきのある手はグロテスクな大鉛筆を握りしめて、どうやら編集者を彼の日常から消去しようとしているように見えた。言いようのない恐怖が彼を捉えたが、それは力を与えもした。彼はドアをばたんと閉め、ふたつの錠をかけ、掛け金を下ろし、チェーンをかけた。そして、水を一口飲む余裕もないまま気を失って倒れた。それが彼には救いだった。恐ろしい化け物がドアをかじり、ひっかく様を、そしてふたつの鍵が外れ落ち、掛け金が壊れるのを、聞かずにすんだのだ。チェーンが彼を守った。実はチェーンも相当かじられていたが。

四

朝の陽光がデスクで眠る編集者を目覚めさせた。頭ははっきりしていた。脚のだるさもなく、心臓は規則正しく打っている。

編集者はコーヒーを淹れた。窓の外を眺めると、そこには陽光があふれているだけだった。

彼は自分の過去を見つめた。そこには陽光があるだけだった。

彼は自分の未来を見つめた。そこにも陽光があるだけだった。

彼は自分の現在を見つめた……。

そのときドアが開いて、オフィスの入口に老人が現れた。ミルク缶の、あの爺さんだ。だが、缶は持っていなかった。

「今日からは私が編集長に任命されました」と彼は静かな調子で言った。「ホラーストーリーズ社にきた急ぎの仕事です。これにかかりきって下さい。他のものは後回しです」

彼はデスクに分厚い原稿をおくと、そっとドアを閉めて出ていった。

編集者はコーヒーを飲み終え、原稿を開いた。そして、読んだ。

「はじめに言葉ありき……」。

右手は機械的にデスクの上の校正用鉛筆を摑んでいた。


（片山ふえ訳）

Спокойствие

安らぎ

エヴゲーニイ・グリシコヴェーツ

天気はどうにも予測できない感じだった。夏は終わろうとしている。樹々には今のところ目につく黄色い色はなさそうだったが、風は通りや門扉の下の隙間にまだ青々とした落ち葉を吹き寄せている。郊外では草が伸び放題で、なんだか汚らしかった。夏は終わろうとしていた、というより、あらゆる兆候からして、すでに終わったみたいだった。あと数日、八月をやり過ごせば……。

友人、仲間、知人、それに同僚たちのほとんどみんながどこからか日焼けして帰ってきて、会いたがり、みやげ話をしたがった。だがディーマのほうは、夏のあいだずっと街にこもっていた。もちろん、理由もなく街を離れなかったわけではないが、夏のあいだずっと街にとどまっていたら、たとえ楽しんでいたり仕事があったとしても、どっちにしたって、「こもっていた」と言われるのだ。だから、ディーマはみんなにこう話していた。「まったくさ！　夏じゅう、街にこもっていたなんて！」そのたびディーマはため息をつき軽く手を振り、悲しそうな顔をしてみせた。

家族は七月の初っ端に遠方へ送りだした。長男は英語に親しむようにとインターナショナルキャンプへ、妻と娘はまず両親（妻の両親だ）のいる北部へ、そのあと南部へ、家族で何度も行ったことのある海へやった。で、自分は街に残った……仕事があったから。

仕事は本当にあった。街に残って仕事をするというのはかなり説得力のある理由だった、本当に。だが七月の中旬には、街は灼熱のせいですっかり溶け、どんな問題も片づけられず、夏のあいだにやってしまおうと思っていたことはみんなストップしてしまった。夏に盛りだくさんの予定をたてるなんて、愚かだった。そもそも山積みされた問題の決定を左右する人たちのほとんど全員が出払ってしまい、残った者たちは疲れていたり不機嫌だったりで、暑さや耳障りな夏の騒音や、それから夏までにたまった静電気のせいでうつろな目をしていた。そしてディーマも月の終わりにはぼうっと過ごすようになっていた。奇妙な夏の怠惰な日々。一日一日はぐったりするほどゆっくり進むのに、時間はあっという間に過ぎる。

初めの数日、ディーマは何日かテレビのそばでソファーに寝そべっていた。あっちの番組を見たりこっちの番組を見たりしながらチャンネルを次から次へと変え……。そして、またチャンネルを変えた。子どものころから知っている古い映画なんかに出くわすと手をたたき両手をこすり合わせて喜び、ソファーを整えて心地いい住処《すみか》に早変わりさせ、キッチンにひとっ走りして薬缶《やかん》を火にかけ大急ぎで一番体に悪い、つまり一番美味しいサンドイッチを手早く作る。

古い映画、オープンサンド、そして甘い紅茶は手ごたえのある深い喜びをもたらした。そこにはディーマが長いあいだ味わえなかったものがあった。そこには、安らぎがあった！

そんな安らいだ日の三日目あたりには、ディーマは時間の感覚を失いだしていた。朝方眠りにつき真っ昼間に起きる。ぐっすり寝て目を覚まし中庭から聞こえてくる夏の暑苦しい騒音に耳をすます。冷蔵庫が空っぽになったときには、ほぼまる一日空腹と闘った。家から出るのは無理だと感じたのだ。ディーマは外に出る瞬間をじりじり引き延ばした。ずっとひげを剃っていなかったが、急に剃ることが楽しくなった。念入りに顔を洗い服を着て、そのあとようやく店に出かけた……うきうきと。そして、山ほど買い込んだ。店から帰ってもディーマは食べ物に飛びつきもしなければ、いらいらとつまみ食いすることもなく、またもや思いがけず気分よく、家を片付け始めた。食器をすっかり洗い、買ってきた物を全部丁寧に冷蔵庫に並べた。それから、のんびり昼食と夕食をあわせて用意した（つまり、ディーマはまだ昼食を食べていなかったが、時間はすでに夕方だった）。料理にいそしむディーマ、心地よく鳴るラジオ……。ディーマはワインのボトルを開けた。頭のなかでは穏やかな、まとまりのない言葉のようなものが飛び交っている。「悪くない」とか「これだね」とか、「すげぇ！」とか。料理がオーブンでこんがり焼けるあいだにディーマはワインを二杯飲み干した。美味しいワインでほろ酔い加減……。ディーマはふと電話をつかんだ。両親にかける（自分の両親）。それからまたダイヤルする。南部にいる妻につながった。彼女は言った。「なにもかもとても素晴らしいわ、ただ天気がね」そして娘が出た。「すごく楽しんでる、すごく食べてる。それに、みんなすごい」と言う。「パパがいなくてさみしい？」というディーマの問いにすぐに「さみしい」と答えた。この電話のすぐあとディーマはある知り合いに電話をしたが彼女にはつながらなかった。これで、すっかり気がすんだ。

いい気分だった。というより、ものすごくいい気分だった。ときどき、ぱっと考えが浮かんでくる。（そうだ、やらなきゃならないことがあった、やらなきゃ……）だが瞬時に口実が見つかる。たとえば、（待てよ、待て……）とか、（夏だしな！）とか。

唯一いらいらさせるもの、それは暑さだ。それも、蒸し暑くて汗をかくとか、そういうことじゃなくて、いつまでも暑さが続いているということがいらいらさせる……。去年の夏は家族と一緒にバルト海沿岸で過ごした。友人たちは口々に言った。「何を好きこのんで。あっちは雨ばっかりだし、海は冷たい、きれいだけど、冷たい」と。だが、天気のほうはツイていた！　砂浜で日光浴したり、カフェのパラソルの下に座ってビールを飲んだり、夜にはニュースを見ながら自宅付近はどしゃぶりの雨で、南部では雷が落ちていて、ギリシャではあられが降っているのを知ったりするのは、本当に愉快だった。

もし、この夏が湿っぽくてどんよりしていたなら、いい気分で、公平ってものだったのに。そんな天気だったなら、テレビでこんな話もしなかっただろう。郊外に点在する湖は黒海より暖かいとか、近場の海水浴場が開かれ有名な遊泳場にも引けをとらないとか。ときどき、外の世界から招待される……。だれそれの別荘《ダーチャ》に行こうとか、釣りに行こうとか。ディーマはいろんな口実を考えだし、どこへも行かなかった。思いがけず舞いこんだ安らぎは、夏のどんなしあわせよりも奥が深くて、愛おしくて、大切だった。だが、灰色の冷たい雨が降っていたなら、もっと安らかだっただろう。一点の曇りもなく、安らかだっただろう！

天気といえば悔しいことばかりだ！　思い出す限りいつも天気とは腹が立つくらい相性が悪かった。五月の終わり、夏休み前のまだ授業が残っていたり試験もあったりするすごく苦しいときには、素晴らしい天気が続いた。いつもさわやかで、暖かくて、でも暑くない……だから、なんでもやりたくなる。それが、夏休みに入ったとたん——雨に、風に、風邪という具合。海に出かければ、待ち構えたように暴風警報、そして雨に風。いつもこうだった。夏の半分を田舎のおばさんのところで過ごしたことがあった。一級品の釣り具を持参したのに一度も釣りをしなかった。湖は近くにあったが、おばさんの夫のヴォーヴァおじさんは「風がなかったら釣りに行く。でもな、もし吹いていたら行ってもしょうがない」と言った。おじさんは「いいか、そこに木があるだろ、もし朝になってあれが動きも揺れもしなかったら風はないということだ。釣竿をつかんでおれを起こせ、魚はみんなおれたちのもんだ。もし揺れてたら、おれのところに来たって無駄だ。おれは寝る。絶対釣りには行かん」ディーマは夏の半分をずっとその木を見て過ごした。毎日釣竿を引っ張り出したが見るだけで、また物置にしまった。ほぼ毎日ミミズを掘り出し、木を見ていた。夜には、木はほとんどいつも音もたてずに立っていた。

夜中にディーマがおしっこに起きて玄関先で見てみると、月の光のなかで、夏の星々を背景に木のてっぺんはじっと動かず、黒々としていた。嬉しくって心臓が止まりそうになり、ディーマはベッドに戻って寝入った、大きく息を吸って、ふーっと吐いてから……。朝、ディーマはだれよりも早く目を覚まし、玄関先に向かって走る……。朝焼けでバラ色に染まり始めた玄関先にはもう雨雲が集まり、木はてっぺんのほうが揺れていて、葉っぱ一枚一枚が震えている。ディーマは木を眺めながら、まだもうしばらく待ってみる、やがて胸のドキドキはなくなり、ディーマは凍え始め、小雨がぽつぽつ降りだす。ディーマはベッドに戻り小さな声で泣いた。そして遅い時間に目を覚まし、退屈したりはしゃいだりしながら一日を過ごす。それでも今でも、早朝にどこかへ出かけることがあってそこに木があれば、ディーマはほとんどいつもそのなかの一番高い木のてっぺんを見る。見ている……ただ見ている、あの時のように。

ただ暑さ、つまり素晴らしい夏だけが、ぶち壊すとまでは言わないまでもディーマに訪れた安らぎを曇らせた。八月の初旬、ディーマは知人のひとりの誘いにのり、夜に会うことにした。彼女との約束は九時ごろ。ひどく蒸し暑い夜で、蒸し暑さのせいで知人は頭が痛みだし、ふたりは噴水に向かったがそこは人であふれかえっていた。街は理性を失ったみたいに遊び浮かれている。両岸のいたるところ、岸辺に点在するカフェ、噴水近くの空間はみな人でいっぱいだ。噴水のそばでふたりはディーマの知り合いの夫婦に会った。ディーマは連れを、仕事で出張に来た同僚だと紹介した。「同僚」は目を剝いた。まぁ、しょうがない……。

そのあと激しいにわか雨が降り、雷まで鳴った。雨は、慌てて逃げだしても間に合わないほどの激しさで、だれもがびしょぬれになった。雷のほうもすごかった。大砲かオペラみたいな派手なやつ。というわけで、ディーマは悟った。安らぎを試すなんてやめたほうがいい、裏切るなんて、とにかく駄目なのだ、と。翌日、ディーマは家から出なかった、天気は一日じゅう素晴らしかった。

安らぎ！ それはディーマがビールを飲まないほどの安らぎだった。飲みたくなかったのだ。安らかだった。考えが頭に浮かんでくる、滑稽だったり、無関係だったりの。それらは浮かんできてはじっくり吟味され、そして消えてゆく。どしゃぶりのあと、ディーマはゆっくり夢見心地で考えていた。（もしぼくが天気予報士だったら、毎回同じ予報を伝えるだろうな――ところにより雨――。一番都合がよくて万能な決まり文句だ。雨や雪に遭ったとする――なるほど、ちょうどその場所に居合わせたのだ、となる。雨にも雪にも遭わなかった、ということは、その場所ではなかったということだ。それだけだ。なんてことはない。）

息子はときどきキャンプから電話をかけてきたが、満足しているようだった。両親はダーチャに入り浸ったまま。妻と娘に電話がつながったときディーマが聞いたのは安心させようとする言葉だけだった。安らぎ。安らぎ。

八月の初めは数日雨が降り続いた。ディーマは喜び、とびっきりの安らかさのなかで過ごした。

雨は激しくて温かかった……。そのあと雨はやみ、キノコが生えてきた。キノコのことはずっと両親が電話で話していたし、地元のテレビでもかつてないほど生えていると伝え、見知らぬキノコを採ったり、怪しげな製造元のキノコの瓶詰は買ったりしないようにと忠告していた。

ディーマはずっと前から森に行っていなかった。キノコ狩りは大好きだ。森に入って、そーっと歩を進め、草や小さな葉っぱやレース模様の影の合間からひょいとキノコを見つけることも大好きだった。ついさっきまでキノコは足の下でさらさらパキパキと音をたてるものと一緒くたになっていた。それが不意に、ぴょこん……キノコだ！　そしてゆっくりキノコのそばにひざまずき、あたりを注意深く見回し……。

ディーマはキノコ狩りが大好きだった。だが、今回は安らぎのほうが勝った。キノコはこんな言い訳に打ち負かされたのだ。（食べきれもしないのに）とか、（知ってるさ、キノコが山ほどあるってことは！）とか、（それに今、森は人でいっぱいだ、バザールの売り出しの日よりも）とか。ディーマは家にいて探偵ものを二冊と妻のベッドサイドテーブルで見つけた女性向けの小説らしきものを読んだ。

ディーマは気づいた、たしかにここ数日で少しばかり太った……もちろん、すごくではない。ほんの少し、だ。

そして八月はもう終わりに近づき、もう少しすれば妻と子どもたちが帰ってくる。天気は相変わらずずっといい、とはいうものの、決してあなどれない。いつ秋が夏にとって代わるかわかったもんじゃない。去りゆく夏の好天の一日一日を有効に使わなければならない。だがディーマはそうしなかった。安らぎに浸りきっていたのだ。夏のあいだずっと一度も髪を切ることもなかった。

ゴーシャが、妻と娘が南部から帰ってくる前日に電話をかけてきた。

「もしもし、元気か」ディーマが電話に出たとき、少し驚きながらゴーシャは言った。「おまえ、もう帰ってきてたのか？　おれはさぁ、ダメもとでかけてみたんだけど、おまえもう帰ってきてたんだな。休暇はどうだった？」

「何が休暇だよ」とディーマはため息をつきながら言った。「ひと夏ずっと、街にこもってたよ。だから、次の休暇は一緒にどこかへ行こう。で、おまえは？」

「ってことは、おまえこっちにいたのか？」ゴーシャは明らかに心底驚き、「おまえは出かけたとばかり思いこんでた。おまえからなんの音沙汰もなかったし。おれだって、もうずっと前に戻ってたんだ」

「どこに行ってたんだ？」

「どこに行ってたってか?!　夏じゅうずっと、おまえのことを罵ってばかりいたさ。くしゃみしなかったか？　おまえが言ってたからさ、バルト海沿岸に行ったんだよ。あっちはずっと雨。本当に、一日だってまともに晴れた日はなかったよ。逃げ帰ってきたってわけさ。おまえ、去年むちゃくちゃ褒めてたじゃないか……」

「ゴーシャ、ゴーシャ！　なんで、おれのせいなんだ、しょうがないだろ？　おまえがツイてなかっただけだ……」

「だけど、おまえはいつもツイてる」とゴーシャはさえぎった。「こっちは、ずっと快晴だったって聞いたけど、何してたんだ？」

「えーとなぁ。仕事がたくさんあったんだ。いつものくだらないやつさ。家族は海にやった。子どもたちは街から連れださなきゃな。で、おまえ、だいぶ前に帰ってきてたのか？」

「もう十日ほどになるかな。退屈で気が狂いそうだったよ。だーれもいなくてさ。みんな方々に出かけてしまってるだろ。残念だったな、おまえがこっちにいるって知らなくて。ここ二日でみんないっぺんに帰って来たから、昨日、サッカーしたんだ。見るとさ、おまえがいないだろ。で、思ったんだよ、まだ帰ってないのかなって」

「昨日、サッカーしたって？　おれなしで？　なんでだれも電話してこなかったんだ？」

「だれも知らなかったんだぜ、おまえがこっちにいるって……」

「知ろうが、知るまいが電話一本かけるのが面倒か？　おれなしでサッカーって、それにだれも電話しないって！　そんなのありか?!」

「おれたち、思ったんだ……」とゴーシャは慌てた。

「いいや、思わなかったんだ」とディーマは遮って「あっさり忘れたんだ、そうだろ、それだけだ！　電話番号を押すのがそんなに面倒か？」

ディーマは怒った、悔しかったのだ。学校のグラウンドでやるこのサッカーの試合は大切な行事だった。メンバーを集め、毎週ゲームをしてそのあと風呂に行き楽しくしゃべるというこの習慣を、時間をかけてみんなに定着させたのはディーマ自身だったということが問題なのではない。それはどうでもいい。何の気なしに彼なしで試合をした、しかも、だれも電話をかけてよこさず。だれも！　ひとりも。つまり、彼らはディーマなしでも試合ができた、そして何事も起こらなかった。ゴーシャだけが偶然、試合の翌日に電話してきたのだ。

ゴーシャの電話から二時間たったころ、昔からの知り合いが電話をしてきた。彼女はそばに奥さんがいるかどうか気にしながら、ディーマが話せるかどうか探っている。

「話していいって、話せよ、大丈夫だから」とディーマは言った。

彼女は、なんとかという島への旅行が最高に素晴らしくて、すっかりリフレッシュしたし、それにディーマにおみやげを買ってきたと話した。

「それからね、ねぇディーマ、私の灼けた肌は一見の価値ありよ」と言ったのでディーマはすぐにわかった。彼女が最高に気分のいい、みだらな酔い心地だってことが。

「だれと行ってきたんだい？」とディーマはきいた。

「そーれーは、わかりきってるでしょ、ひとりじゃないわ」との返事。

彼女は実際、年を重ねた知り合いだった。いや、年齢のことではない。ディーマは長いあいだこの知人に会っていなかった、だから彼女の電話にものすごく驚いた。だがこの、「わかりきってるでしょ、ひとりじゃないわ」がディーマを苛立たせた。彼女の言葉が嫉妬心をかきたてたとか、ディーマが一度もその島に行ったことがないから癪にさわったというわけではない。そうじゃない！　その言葉は安らぎをかき乱したのだ。

そのあと、夜のあいだに仕事の電話が二本あった。ややこしいわけでも込み入ったことでもない、なんてことはない電話だったのに、ディーマはどう答えればいいかわからなかった。ディーマはその日ずっとテレビをつけなかった。やっとテレビをつけたのは夜のダイジェストニュースを見ようとしたときで、すっかり夜も深まっていた。

ニュースは不愉快なもので、そのうえ、国外のではなく国内のニュースだった。十五分間官僚や議員連中の緊張した顔を飽きるほど見たせいでディーマはすっかりわかった、彼らはみんな嘘をついていて、それに、いいことは一切起こっていないということが。スポーツについては短かったし、天気予報は聞き逃した、妻が電話で便名と到着時間をもう一度知らせてきたから。

妻が帰ってくる前の夜、ディーマはよく眠れなかった。なかなか寝つけなかったのだ。朝方から見栄えがよくなるように家を片づける。それぞれの部屋とキッチンの真ん中だけに掃除機をかけ、あちこちのすみに服や物をつっこみ、それから店に行き食料品や飲み物なんかを買った、旅先から戻った家族をもてなせるように。まったく気乗りしないままなんとか雑用をやり終えた。さらにそのあと、ディーマはあちこち電話した。みんなどこからか帰ってきていて、会いたがりみやげ話をしたがった。

空港に向かっているとき車の動きが微妙だった。ディーマは長いあいだ運転していなかったので車はすっかり埃まみれで、どうもイマイチな感じで走っていた。

天気のほうは良かった。小さくてくっきりした雲が浮かんだ青い空は、すごーく高かった。街はまだまだのんきで、夏そのもの。女たちは七月みたいな超薄着で、ディーマの目は街を行くあっちの女こっちの女へと目移りする。空港に向かう道路では工事の真っ最中。ロードローラーや道路工事の機材がうなっていて、シャベルを持った人々はオレンジ色の作業着を直接素肌の上に羽織っている。彼らの体は汗で光り、車の開いた窓からディーマの顔をめがけて熱いアスファルトの匂いと灼熱が襲った。だから一瞬、夏は始まったばかりのような気がした。

空港は人でごった返していた。多くの人がどこかにある家に向かって飛びたち、見送りの人たちもいる。それよりたくさんの人たちが、子どもを新学期に間に合わせるために家に連れ帰ろうと慌てながら、どこからか戻ってきていた。彼らを出迎える人たちもいる。到着ロビーの奥のほうにあるガラスの扉は飛行機が到着するたびに乗客をはきだしている。帰ってきた人たちはこんがり日焼けした肌に白い歯を見せ、陽気だった。迎えに来た人たちは彼らに飛びつき、子どもたちを抱っこし……。

ディーマは、だれかを迎えに来ていた知人に会った。ずっと前の知人で、疎遠になっていた。ディーマは名前すら思いだせなかった。

「だれを迎えに来たんだ?」とその男はきいた。

「家族さ。海から帰ってくるんだ」

「で、きみはどこに行ってたんだ?」

「それがさぁ!」とディーマは軽く手を振った。「ひと夏、街にこもってた! で、そっちはどこでそんなに日焼けしたんだ?」

「おれ?!」知人は声をあげて笑った。「おれは、屋根の上さ。夏じゅう、息子と一緒にダーチャを完成させてたんだ、妻は避暑地にやった。で、迎えに来たってわけ。で、どうしてたんだ?」

「どうしてたかって? 夏はもう終わりそうだが、おれはずっと街にいてさ。休めなかったな。じゃあな!」

「あぁ、元気でな!」

ふたりは握手して別れた。五分後、ディーマは大きなスーツケースを両手に持ったその知人と、彼のうしろを、明るい色のワンピースを着たすらりとした女性が行くのを見た。知人は笑顔を浮かべながら歩いている。

ディーマは不意に、ほとんどつきあいのない知人に嘘をついたことが、なんとなく気づまりになってきた。なぜ、夏のあいだつまらなかったと言ってしまったのか。悪くない夏だったのに。それになぜ、自分の夏の安らかさを罵ってしまったのか。こんなにいい夏はもう二度とないかもしれないのに。

多くの便がいろんな理由で遅れていた。ディーマが待っている便は二時間遅れていた。街に戻ってすぐ取って返すのは馬鹿らしかった。ディーマはうんざりして、ぶらつき、車で居眠りした……。そのあと、もう一時間遅れるとのアナウンス。その瞬間、ディーマはがっくりした。彼は思った。（これが、夏の最後の一日だってのか？）ディーマは新聞を買ったが読めなかった。心のなかは全然苛ついていない。安らぎはまだ彼を見捨ててはいなかった。

ディーマはものすごく妻と娘が恋しくなった。二日後に帰ってくるはずの息子のことも恋しかった。恋しかった。けれど、それは頭を軽く左へ傾け、ゆるんだ顔つきで考えたことだった。空港内のざわめきもどこかへ消えていく……。

ディーマは家族を見つけた。娘をつかまえ、思いっきり高く抱え上げ、そして妻にキスした。荷物を待っているあいだ、娘はひっきりなしにしゃべってはいろんなものを見せ、最後にはダンスまで披露した。妻は、ものすごく待たされたせいでふたりとも疲れ果ててしまったと話した。ディーマは身を入れて聞こうとした……。だが本当のところは、自分のなかにある安らぎに耳をすませていた。安らぎはどうなったかな。まだ消えていないかな、と。

ディーマたちが街に近づいたころ、もうすっかり日は暮れていた。娘は大人には理解できない格好をして後部座席で寝入っている。妻は明日のうちにやっておかなければならないことを数え上げている。はっきりしていたことは、朝には娘のために学校用の靴やほかのたくさんの物を買いに行かなければならないということだった。ディーマは頷いては微笑み、そして考えていた……。いや、考えてはいなかった、彼は目のなかに自分の安らぎを覗き込み、そしてこの目を覚えておこうとした。目、ひとときこの目で取り巻くすべてのものを見つめ、そして幸せだった。別れぎわに、この目を覚えておきたかった。

家についたときには、ほとんど暗かった。

「あら、おもしろいベンチが置いてある。ほんとに、かわいいわね！」と妻が言った。

ディーマはちらっと目をやって、そして、本当にマンションの前に新しいベンチがあるのに気がついた。いったい、いつ置いたんだろう？　ディーマは気づいていなかった。

「そうだよ、こっちも時間を無駄にしなかったのさ」と間髪入れずにディーマは答えた。

ディーマは妻にキスし、そして車から娘をゆっくりそーっと引っ張りだす。妻はトランクからスーツケースとバッグをおろし、そのままふたりはマンションに向かって歩きだした。娘はぐっしょり寝汗をかいている。ディーマは娘を抱き寄せた。娘はだらんともたれかかり、重くて大きかった。髪からは熱い太陽と風と海の匂いがした。

「温かいな」ディーマはぽつんと言った。「ぼくのかわいい娘」と今度はほとんど声に出さずにつぶやいた。

妻がマンションの扉を開けているあいだ、ディーマはちらっと中庭に目をやった。目をあげ、白樺やナナカマドの上に聳えている雄大な楓《かえで》のてっぺんを見た。楓は高く高く伸びていた。ほとんど暗くなった空を背景に楓がさやとも動かず立っているのが見える。ディーマは楓にウィンクして振り返り、なかに入りながら微笑んだ。そっとそっと、別れを告げながら……。


（前田恵訳）

111　安らぎ

Месть

復讐

ヴラジーミル・ソフィエンコ

オフィスビルの広々としたロビーはがらんとして静かだった。就業時間はとうに終わっていた。最後の訪問者や従業員らはすでに建物を後にし、オフィスでは手数料の話や、納品スケジュール、事業プロセスに関する会話もすでに聞こえない。これから翌朝までここの廊下には別の日常がある。退屈そうな警備員が不定期に巡回したり、のんびりと会話したりというような。各階にある廊下には画一的な役所の扉が並び、照明の薄暗い光が揺れていた。大理石の階段は静まりかえり、ヒールの音も靴底が擦れる音も聞こえない。沈黙を申し合わせたかのように、ロビーに通じるガラス扉の上に掛けられた時計の時を刻む音も聞こえない。そのすぐ後ろ、通りに面した重たい扉の前に、仕切られた小部屋があり、そこにATMの金属製の箱がふんぞり返っていた。

まだそれほどの年齢でもないが、すでに立派なビール腹で、ぼってりと赤らんだ鼻の下にブラシのような口ひげをたくわえたアンドレイ・ペチョーリンは、回転式ゲートの脇にまるで偶像のように身じろぎせず立っていた。「警備」の文字が黒い制服の上で目をひいた。腰には手錠、催涙ガス、警棒の装備一式を携えている。時折、この「偶像」は息を吹き返し、まるで起き上がり小法師のように、少し横に体を傾けて、片方の足からもう一方の足に体重を移す。それから次に動くまで、また微動だにしないのだった。彼は習慣としてこれを続けていたが、むしろその道の達人のように、まるで一生退屈な見張りの仕事についてきたかのように堂に入ったものだった。歩哨の兵士は両足でしっかりと直立不動で立つが、なりたての警備員は片足からもう片方へと足を踏みかえる。それで両足ともあっという間にくたびれる。それではだめなのだ。滑らかであること、さらに大事なのは、その場所を動かず、同時にもう片方の足が床から離れないようにして、休めた足に重心を移す角度まで計算したように正確にすることなのだ。

「入場証提示」というプレートのかかった小窓の向こう側に、短く刈りあげた頭にまるでうっかり者の床屋があわてて切り残したようにまばらに前髪を垂らした痩せっぽちの若者が座っていた。その若者は机の上に身をかがめ、骨ばった指で頭をかかえて、緊張しながら新しい仕事を把握しようと書類に目を通していた。順番にページをめくりながら、その度に苦しげにため息をついた。

突然、二階で静寂の調和が破られ、扉がバタンと音をたてた。真っ先に聞こえてきたのは廊下に響く自信に満ちた力強い足音だった。それから、外国製の靴の下で軽くタップを踏むように大理石の階段が音をたてていた。

ペチョーリンはもったいぶった様子で両足に均等に体重をかけて立ち、耳を澄ませた。

「経理部長のお出ましだ！」声をひそめて早口で小窓に向かって言った。「ほら、足どりから察するに仕事はうまくいっているようだな」いまいましいとも、確かめるというのでもなく、くぐもった声で言った。

すぐに階段のタップの音が静かになり、引き締まった体格のこざっぱりした年配の男が軽い足どりでロビーに入ってきた。

「こんばんは、マルク・コンスタンチーノヴィチ！ 今日はお忙しかったのですね」ペチョーリンはブラシのような口ひげを広げて慇懃に微笑んだ。同時に小さな両目には卑屈な阿《おもね》りが宿っていた。腹を引っ込めて精一杯背筋を伸ばし、すんでのところでお辞儀をするところだった。

「そうなんだよ、ペチョーリン君」マルク・コンスタンチーノヴィチはわざと嘆いてみせた。「明日の会議に出す四半期報告を準備せねばならなかったのだ。ところで、彼は新人かね？」ちらりといぶかるような眼差しを向け、小窓のほうをあごで指し示した。まるで写真を撮り、新人を記憶のファイルに収めるかのようにじろじろと眺めまわした。

「ええ、まあ……見習いのコーリャです……除隊したばかりです」気が乗らない様子で（つまり、特別なことではなかった）ペチョーリンが返答した。

マルク・コンスタンチーノヴィチは、見習いにはそれ以上の興味は見せず、何か小さく口笛を吹きながら、背広の胸の折り返しについた見えもしない埃を払った。ペチョーリンの目が一瞬羨望の光をはなった。マルク・コンスタンチーノヴィチの着ている服は高級品だった。この警備員はそれを嗅ぎとると、その途端に、思った通りだと言わんばかりにビールで腫れた肝臓がうずいた。

「ところで、これは君にだ、ペチョーリン君。世話になった礼だ」経理部長は革のカバンからウイスキーのボトルの入った箱を取りだした。「正真正銘スコットランド産だ」ペチョーリンの大きな顔に贈物への興味がちらっと浮かんだ。「勤務がうまくいくよう祈ってるよ。ペチョーリン君。そして、何も起こらんことを祈るよ！」別れ際に守衛の手にある瓶を遠回しに示唆しながら、経理部長がふざけて指を立てて脅した。それから、見事に刈り込まれた白髪を満足そうになでつけて、回転ゲートを通り出ていった。扉のそばでどういうわけかもたついていた。

「これはどうもありがとうございます。恐縮です。マルク・コンスタンチーノヴィチさん」ペチョーリンは経理部長の背中に向かって繰り返し謝辞を並べたてながら、すかさずたずねた。「今日、給料が振り込まれたそうですね？」

「給料だって？」しばらく考え込んでいた経理部長が急に思い出した。「そうだった！　もう少しで忘れるところだった。給料だ！」

経理部長は小部屋のATMをめがけて出ていった。操作パネルで複雑な操作をし終えると、マルク・コンスタンチーノヴィチは『金持ち』の鋼鉄の胃袋から出てきた利用明細書をとり、残高を確かめた。それから、満足げにうなずくと、明細書を丸め、ゴミ箱のほうに投げつけた。そして、通りに面した扉の向こうに消えた。

「見ただろ、コーリャ、あのガチョウ野郎が……」ペチョーリンは経理部長の後ろで閉まった扉に向かってあごをしゃくった。

見習いは勤務時間中座り通しの小さな部屋から体をほぐそうと出てきた。ペチョーリンはというと、その体格からは想像のつかないすばしこさで急に出口のほうにせかせかと歩いた。『三匹のこぶた』にあったような、なんだか楽しげなメロディーを口ずさみながら。『オオカミなんてこわくない～、こわくないったら、こわくない～』コーリャはその瞬間ひょろ長い体を折り曲げ、吹き出して笑った。ペチョーリンの姿にうっかり者の兄さんブタがすばやく蹄を鳴らして移動するさまが重なったからだ。自分の演技が受けたことに満足したペチョーリンはガラス扉のそばに立ち止まり、唯一の観客のほうに向きなおって、道化師のような口調で続けた。

「さあて、そこにあるのはなんでしょう」経理部長のきいきい高い声を真似ると、ATMの小部屋に姿を消した。

そして、くず入れのすぐそばに、くしゃくしゃに丸められたレシートがひとつ落ちているのを見つけた。軽くうめき声をあげながら、ペチョーリンは苦しげに体を折りまげ、紙を拾い上げた。

そして紙を広げ大きくヒューッと口笛を吹いた。道化師の気分は跡形もなく消え失せていた。「なんてこった！　コーリャ、お前、口座に何百万も入ってるか?!　俺たちの給料ときたら一万二千ルーブリぽっちだぜ！」ペチョーリンは自分の目が信じられないという風にぼんやりと明細書を眺めた。「あの強欲野郎がベルリンまで株主総会に行ってきたのはそういうことだったのさ。ひどい話だ！　コーリャ、教えてくれよ、どこに公平があるんだ？」そう言うと、見習いをあたかも社会的不平等の証人として呼び寄せるかのように、くしゃくしゃになった明細書を宙で振ってみせた。

そのあと丸一時間、ペチョーリンは背中で手を組み、ビール腹を突きだして、大理石の敷きつめられた床を歩き回っていた。それはまるで雷雲が今にも大雨になりそうな様子だった。時々、入場確認のブースに立ち寄ってはコップに入った度数の高い〈狩猟《オホータ》〉ビールを一気に飲み干し、手の甲でひげをぬぐうと次の巡回に出ていった。一杯ひっかけるごとに、ペチョーリンはどんどん不機嫌になっていった。ついには、階段のそばの、監視カメラの映像を映したモニターで埋め尽くされた棚に近づいた。見習いはその間ずっと座っていた。カウンターの後ろの肘掛け椅子に腰を落とし、一言も発せず、まるで催眠術にかかっているかのごとく、ぼんやりと監視カメラを眺めていた。

「うちの近所にも詐欺師がお住まいだ」すっかり酔いのまわったペチョーリンが静寂を破った。その声はとても大きく鋭く響いた。

まるで、なりたての初年兵が歩哨の最中にうたた寝をして、士官に不意打ちをくらったかのように、見習いは身震いして直立不動の姿勢になった。その目には、「自分はどこにいるのか」という疑問が見てとれた。やっと状況が飲み込めると安心してまばたきをした。

「経理部長もご近所でしょうか？」コーリャが会話に加わった。

「あのペテン師もだ！」敵意をあらわにしてペチョーリンが訂正した。「前に俺が交通警察で働いていたころには、あいつは自分が管理する市場から俺の家に果物の入った段ボールをいくつも運んできたもんだが、今じゃ挨拶もしやがらない。ベンツの新車でも手に入れた日にゃあ、お山の大将にでもなった気でいるのか？　いいだろう、奴にサプライズを仕掛けてやるさ！」寝ぼけたブタのような目が復讐に燃えた。ペチョーリンは他人に聞かれるのを恐れるかのようにコーリャのほうに身をかがめた。そしてよだれでべとべとの厚ぼったい唇でささやいた。

「もう瞬間接着剤は買ってあるのさ」理解と同意を求めて、酔っぱらった目でコーリャを正面からじっと見つめた。

「瞬間接着剤ですか？　なぜですか？」見習いはペチョーリンの期待に応えることはなく、困ったようにまばたきをした。

「なぜじゃない、何のためにだよ！」諭すようにペチョーリンは見習いの言葉を訂正した。「夕方、いつも俺は飼っているブルドッグの伯爵《グラーフ》と散歩をする。ちょうどあのネクラ野郎が車を停めている駐車場のそばでだ。そこでフロントガラスにチューブの中身を全部しぼりだす。何か書いてやるってのもありだ！」楽しげにウインクすると、意地の悪い思いつきに笑い出しそうな様子で、もじゃもじゃの眉を上げた。コーリャは唾を飲み込んで、驚いてわけがわからないと思いながら、恐る恐る自分の教育係を見た。

コーリャの支持がまだ得られないと思ったので、ペチョーリンは論拠を挙げて新人を自分の側に引き込むことにした。

「わからん奴だな！　敬意を払えない奴は、フロントガラスを交換してればいいんだ！」相方の頭の悪さと硬さに調子を狂わされて、ペチョーリンは腹立たしげに手を振った。「考えてもみろ、このユダヤ人のマルク・コンスタンチーノヴィチはお前に敬意を払っているか？　そうだろ！」ペチョーリンはコーリャの鼻先で毛むくじゃらの握りこぶしを振り回した。「俺が奴の甥っこに車の免許を融通してやったからって、俺に感謝してると思うか？　それだけ金がありゃ、何千も免許証を買ったところで痛くも痒《かゆ》くもないのさ！」ペチョーリンは唾をとばしながら、イタリア人のように大袈裟に身振り手振りをした。「それなのに、このユダヤ人ときたら、少しでも安くなくちゃならねえ！　俺には感謝のしるしに、ウイスキーのボトルを持ってくるのが関の山さ。それも免税店の代物ときた！　あれだけ金があれば、ひとケースでも持ってこれたってもんだろ。こっちは役所をクビにまでなってるっていうのに、免許証を融通するくらいたいしたことじゃないとでも思ってるのか？」

ペチョーリンは相変わらず玄関ホールを落ち着きなく歩きまわっていた。

「ところで、どうしてクビになったんですか？」コーリャは、すでに解雇の理由について想像はついていたが質問した。

ペチョーリンは立ち止まって、途方に暮れたように相方を見つめた。まるで、この男に話す値打ちがあるかどうか思案しているようだった。

「そいつはだなぁ」いくらか酔いがさめてきて、言葉を選びながら口ごもった。「俺は職場の規律違反をはっきりと記録していたから、上司に報告したのさ。そのおかげで、それを知った同僚らと言い争いにもなった。そして、そのあと俺は収賄の疑いとやらで捕まった」ペチョーリンのぽってりとした頬が震え、両目は落ち着きなくあたりを見まわした。「つまり、昔の相方たちも一緒になって俺を身代わりにした。俺をブタ箱に放り込もうとしたのさ。上司が無罪を証明して助けてくれた。こっちは穏便にかたづけられたが。性悪な野郎は他にもいたのさ……」短く悪態をつき顔を赤らめた。「あいつのおかげで今じゃここでブラブラしてるってわけだ」ペチョーリンは両目に怒りをあらわにした。「あいつは何百万ルーブリも持ってるんだぜ！　わかるか！」ペチョーリンはますます怒り狂った。「その上、あいつらはみんな俺たちの何倍ももらっているんだ。俺たちがあいつらより働いてないとでも言うのか?!」ただでさえ細い目が憎しみで一層細くなった。「まあ、いいだろう」歯ぎしりしながらゆっくり言った。「俺も奴らにサプライズをひとつ思いついたよ」真っ赤になった顔の上で頬の筋肉が盛りあがった。

ペチョーリンは勢いよく向きを変えると、決意を固めた人間のようにしっかりとした足どりで

ＡＴＭに向かった。そして、催涙ガスをベルトから取り息を止めると、ＡＴＭのキーボードに向けて噴射した。それから、自分の後ろで扉を閉めるとロビーに飛び戻った。だが、刺激臭のする雲のようなかたまりもロビーの中に入り込んできた。ペチョーリンは片手で鼻をつまみ、もう片方の手でツンとする気体を払った。コーリャは肘掛け椅子から少し腰を浮かし、驚いて目を大きく見開き尋ねた。

「ところで、どうしてこんなことを⁈」

「明日、従業員が自分の預金を引き出しにやって来る。するとの俺のサプライズがあいつらの指にくっついてとれないってわけさ！　思い知らせてやる！」ペチョーリンは高笑いをした。有毒な物質が何ら疑念を持たない人間の手から体のほかの部分に移るという考えが明らかに彼を喜ばせた。

コーリャの顔が曇り、両頬がけいれんでひきつっているかのようだった。彼は新しい知り合いに自分の軽蔑の思いを隠そうとすらしなかった。

それを察したペチョーリンは見習いのひょろ長い体をじろじろと見まわし、すぐに何もかも理解した。

「気に入らないのか？　俺のやっていることも正しいだろう？」呑んべえの豚のような目には嘲《あざけ》りの色があった。「一番愉快なのはだな、コーリャ、誰も俺がやったとは思わないってことだ」ペチョーリンはもったいぶって胸の前で十字を切り、復讐の笑みを浮かべ、底意地の悪い高笑いをしたのだった。

あくる朝、夜勤を終えてペチョーリンは自分のぼろぼろの安アパートに戻った。寝ている妻と子どもたちを起こさないように、台所で冷蔵庫からハンバーグを二個引っぱりだし、うまそうに食べながら、前夜にもらった高価なウイスキーのボトルを味わって飲み干した。昼食前に近所のスーパーに酒を買い足しに行った。かくして、アンドレイ・ペチョーリンは社会の不平等に立ち向かった。これは経理部長の口座にあった何百万ルーブリもの金に対する彼の答えであったが、その恐るべき復讐に反応したのは肝臓だけだった。

（山下みどり訳）

В мире животных

動物の世界

ローラ・ベロイワン

ヴェロニカ・プラトーノヴナは七十五歳、背筋がすっと伸び、乗馬馬のような筋張った脚にココア色の長靴下をはいた婦人で、昨日は水たまりだったところを用心深く踏みしめながら、広場を横切っていた。水たまりに張った氷は割れることなく、そのことはヴェロニカにとってある種の啓示的意味を持っていた。凍った水たまりの真ん中に来るたびに彼女は立ち止まり、靴のかかとを氷に打ちつけてその硬さを確かめた。まず左足、それから右足で。そうしてまた先に進んでいった。家まではバス停ふたつ分の距離だ。彼女はバスには乗らず歩くことにした。疲れた方が好都合だし、ついでに時間もつぶせる。夕暮れまでに時間はありすぎるほどあった。ヴェロニカは、電話をかけに行く間、妹でまだ六十歳のナジェージダに夫のアンドレイ・ニコラエヴィチを見てもらうように頼んできた。もう二人きりにしておいても心配することはない。家から直接電話することはとてもできなかった。アンドレイに聞かれてしまうかもしれないから。家の近くの公衆電話からかけるのさえ憚られた。それで市の中心部まで出てみた。もちろん、そこまでする必要はなかったのだが。

ヴェロニカは美しい老婦人だと言ってもおかしくはなかった。痩せぎすではあったが威厳と高貴さのようなものがあり、若い頃には左の横顔を台無しにした古傷も今となってはその顔の尊厳を損なうことはなく、皺のひとつにしか見えなくなっていた。他の皺よりは少し深く、くっきりしていたかもしれないが。この傷のためにどれほど涙し、どれほど苦しんだことか。自らを手に掛けようとしたことすらあったが、死ぬのが恐ろしくて睡眠薬はトイレに捨ててしまった。だが、その後にアンドレイ・ニコラエヴィチが現れたのだ。ああ、恋よ！　新婚当初、彼女はいつも夫に古代エジプトの王妃ネフェルティティのように端整な右の横顔を向けるよう心を配り、傷のある左側は夫の目から隠していた。もしこの先長い間夫の目に留まらなければ、傷のことなど忘れてくれるかもと無意識に願いながら。でも、こんな不器用なごまかしもすぐにいらなくなった。ある日アンドレイは妻の顔をまっすぐ自分の方に向け——窓からの光が彼女の顔に落ちた——真面目な顔をして言った。自分、アンドレイ・ニコラエヴィチは、妻、ヴェロニカ・プラトーノヴナに如何なる欠点をも見いださない。仮にあったとしても、それも気に入っている、と。ヴェロニカは気にするのをやめた。だが結局、あるときの口げんかで——あれは四十年か四十五年前だったが——彼は口走ったのだ……。もっとも、ヴェロニカはそのとき夫がどう言ったのか正確なところは覚えていなかった。そのときまでにはもう、腹立ちまぎれだったり、雀が飛び立つように考えなしに飛び出したりするような罵詈《ばり》は、聞き流す術を身につけていたから。

もちろん初めの頃は夫にひどく腹を立てたものだった。結局のところ、眉目秀麗なアンドレイは彼女を愛しておらず、彼が結婚したのは憐憫と、将来羽目をはずしても彼女なら寛容に許してくれるだろうという思惑からではないかと、毎日のように泣き暮らしていた。夫のそんな振る舞いを目にしたことは一度もなかったが、早晩必ず起こると知っていた。そしてその通りになったのだ。三十一年前の夜、アンドレイは家に戻らず、ひどく酔っぱらって明け方近くに帰ってきた。それはまったく彼らしからぬことで（ひどい二日酔いになる質で、酒を嗜《たしな》む方ではなかった）、ヴェロニカは夫が寝室で服を脱いだとき下着が裏返しになっていることに気づいたのだ。だが、それまでの十五年ほどの間に、彼女は将来必ず起きるであろう事態に冷静に対処する術を身につけていたので、破局には至らなかった。

ヴェロニカがアンドレイのことを考えていたとき、天上のどこからかいたわるような声が聞こえた。突然のことに彼女は足を止め、自分の周りと頭の上までも見まわした。もちろん、声は上からではなく、横から聞こえたことにすぐに気づいたけれど。

「こんにちは、えーっと、あなた」とヴェロニカは言い、すぐに名前も思い出したので、「あなた」は名前の前にちょっと添えただけというふりをした。

「ワーリャ。まぁ、お元気そうねぇ」

「ヴェロニカ小母さん、うちではみんな心配しているんですよ、私も母も。なんてこわい。本当ですか、アンドレイ小父さんのこと？　お加減は？」

「良くないのよ、ワーリャ、ぜんぜん良くないの」、ヴェロニカはワーリャが腕を組んで支えてくれようとするのに任せた。「今夜には逝ってしまうわ」

「なんてこと言われるんです、小母さん」、ワーリャは足を止めたほどだったが、老女は歩みを緩めただけで、そのまま歩き続けた。

「お医者さまがそう言われたんですか？　おそろしいわ」

「あらまぁ、一晩ですっかり冷え込んだわねぇ」と、ヴェロニカが言った。

「ええ、十一月も終わりですから」と、ワーリャが答えた。

二人は黙ったままバス停まで歩いた。

「お送りします」、老女が歩いていこうとしているのを見てワーリャが申し出た。

「ええ、そうね、」ヴェロニカはぼんやりと相槌を打った。

「ありがとう、あなた、ワーリャ。ありがとう」

姑にはとても感謝していた。素晴らしい女性だった。もし姑がいなかったらすべてがどうなっていたかわからない。姑は言ったのだ。どうしてあなたはいつもあの子に腹を立てているの。男に腹を立てるなんて無駄なことよ。覚えておきなさい。男は別の生き物なの。そう肝に銘じて、腹なんか立てないことよ。

それは全くバカげた出来事だった。後に酔っぱらったアンドレイが下着を裏返しにはいて帰宅したときよりもずっとバカげたことだった。ある日の夕方、あれは四十八年前のことだったが、ヴェロニカはアンドレイを抱きしめキスをして、あなたはあたしにとても愛されているのよと言った。そして愛おしさにとろけそうになりながら夫の目を見つめたまさにそのとき、アンドレイがうっかりおならをしたのだ。彼はうろたえたが、笑う以外にできることはなかった。ヴェロニカは泣きだし、浴室に駆けこんで鍵をかけ、そこで泣いていた。アンドレイは扉のそばでおろおろしながら、申し訳なさそうにヴェロニカをなだめ、うっかりとバカなことをしてしまったと赦しを乞うて、優しい言葉でヴェロニカを呼んだ。だが、やがてしびれをきらし、「おバカさんだな、赦してくれたっていいじゃないか」と言うと、台所にお茶をわかしに行ってしまった。ヴェロニカは浴室で、彼がやかんに水を入れる音を聞いていた。

しかしながら、まさにこの出来事がすべてを変えたのだ。すぐにではなく、三年ほど経ってからだったが。姑は賢明な素晴らしい女性だった。感謝している。神よ、彼女の魂を天国に安らわせたまえ。もちろん、もし天国や、そして神が存在するならばだが。ヴェロニカはアンドレイがどんなひどい仕打ちをするかを姑に証明しようとして、つい最近彼が何と言って彼女の傷をからかったのかを話してきかせた。すると、たちまち新婚一年目に起こったあの忌々しいおならの一件が思い出され、ヴェロニカは姑に夫の愚痴をこぼしながら三年前のあの日のように泣いた。

「だって、こんな仕打ちってあります？」と彼女は叫んだが、姑は意外にも笑い出した。それはあのときのアンドレイのようなバツの悪そうな笑いではなく、あっけらかんと心底楽しそうな笑いだった。そしてこのときに姑はヴェロニカの目を開き、その後の息子との関係を永久に穏やかなものにしてやったのだ。

「犬にキスをしているときにその子が突然おならをしたからって侮辱されたとは思わないでしょ？」と姑は訊ね、こう付け加えた。「大好きなんだもの、その子に見返りとか要求しないでしょ？　どうして他の愛では代価を期待するのかしら。それに、あのひとたちは自分の感情を表現する術なんて持たないの。男って書物の中では賢明で繊細に描かれているけど、実際には賢明で繊細な男なんてホモでもなくちゃお目にかかれないわよ。あなたはノーマルな男を引き当てたんだもの、喜ばなくっちゃ、おばかさん。いちいち深刻にとらないこと。ましてやおならなんて」

「だから、私は気にするのをやめたの」と突然ヴェロニカが言った。「プラスの面を見つけられるようにさえなったのよ」

ワーリャは驚いて老女の顔を見たが、何も言わなかった。二人の女たちはもうしばらく黙って歩いた。やがてワーリャはきっと楽しいはずはない思い出からヴェロニカを引き戻そうと心を決めた。

「おふたりは今年が金婚式でした？」と彼女は慎重に訊ねた。

「いいえ」とヴェロニカは答えた。「今年で四十九年目になるはずだったわ」


彼女は気にするのをやめた。プラスの面を見つけることを学んだ。一匹ではなく二匹の犬を飼っていると思うことにした。「犬がおならをしたところで、犬に腹を立てたりなんてできるはずがない。結局のところ、私だっておならはするもの。違うところと言えば、私はトイレですることぐらい。でも犬にはわからない。まったく別の生き物だから。

狭いアパートの部屋で二匹のペットを飼う。いえ、難しいことじゃないわ。ことに一匹がもう一匹を散歩に連れていってくれる場合には。愛犬に十分な食欲があればとても嬉しい。病気にかかってさえなければ毛が抜けたって構わない。

それと、下着は毎朝新しいものに替えてくれれば……」

「あの人が下着を裏表にはいて帰宅したときでさえ、私たちは離婚しなかった。あのね、これは笑い話なの。とても古い笑い話。彼が寝室で着替えているときに私はそれを見てとった。彼は私が見てとったことを見てとった。そして私は彼の目を見た」

「おふたりはとってもいい関係だったじゃないですか」このやりきれない打ち明け話から身を護ろうとするかのように首をすくめ、ワーリャは途方に暮れて口ごもるように言った。「いつもみんなで羨ましがってたのですよ。とてもすてきなご夫婦だって」

「そうね」とヴェロニカは言った。少し前の彼岸にいるような語調ではなく、もうこの世のものになっていた。「私にとって完璧に幸せな結婚生活だったわ」


彼女はそのとき夫の目を見た。それは主人たちが劇場から帰宅するまで待てずに廊下で粗相をしてしまったときのエルザの目のようだった。アンドレイを眺めながらヴェロニカは笑い出した。エルザのときは可笑しくなかった。かわいそうでならなかった。一晩中待ちぼうけで、時間になってもお散歩に連れていってもらえなかった。おばあちゃん犬だったエルザは長い時間我慢することができなかったのだ。


でも、こっちはお笑い種《ぐさ》だ。

どうせ行きずりの女とのつかの間の関係。二日酔いで三日も苦しむなんて。

「私たちはそのことについては一度も話したことがなかったの。一度もね」とヴェロニカは小声で言ったが、その台詞はそれまでの話とはまるでそぐわないように響いた。

「ヴェロニカ小母さん」、ワーリャは心を決めて言った。「アンドレイ小父さんは今夜……って言われましたよね。どうしてですか？」

「重い卒中でね」、少し黙ってからヴェロニカが答えた。「とても重いの。全身が麻痺してしまって。指だけはなんとか……。私の手を取って……誰だかわかったのね。泣きだしてしまって」

「それなら、もしかしたら回復されるかも」ワーリャは前に走り出てヴェロニカの顔を覗き込んだ。

ヴェロニカは立ち止まって眼鏡をかけなおし、ワーリャの頭の上の方を見ながら悲しげに、けれどもきっぱりとした口調で言った。

「いいえ。もう獣医さんには電話したの。夜に来て、眠らせてくれるそうよ」

（吉川智代・片山ふえ訳）

Краткая история художественной самодеятельности на кораблях пиратского флота карибского бассейна первой половины XVII века

十七世紀前半のカリブ海域海賊船団船上アマチュア芸術活動に関する簡潔な顚末記

ボリス・グレベンシコフ

ルートヴィヒ・ミース・ファン・デル・ローエの言うが如く、「趣のある簡素さは貴重であり、何よりも得難い」。

サミュエル・ベラミー船長は、「海賊公子」と称されていた。また「ブラック・サム」との異名もあった。他の海賊団の船長らとは異なり、粉をはたいた鬘《かつら》なぞには目もくれず、自らの長い黒髪を無造作に束ねていたからである。ベラミーの海賊としてのキャリアは一年にも満たなかったが、その成果と、拿《だ》捕した船舶の乗組員に対する並外れた寛大さをもってその名を轟かせるには充分であった。

海賊団が演劇を自作自演するという、史上例を見ない試みは、他ならぬ彼の船において為されたのである。

船の乗組員の一人が芸術家気質《かたぎ》の男であった。まだ陸《おか》に住んでいた頃、この御仁はヨークシャーの浮浪の徒であった。しかしながら、当人の弁によれば、「放浪生活は偉大なる魂にそぐわなかった」ために、蒐集家になった。つまり、何某《なにがし》かから駿馬を拝借し、鞍袋にピストル数挺を突っ込み、冒険を求める旅に出たのである。旅路で行き交う者には果し合いを申し入れ、断る者には財布を軽くしてやり、俺のドルシネア姫にひれ伏しな、と追いやった。以下のような経緯《いきさつ》が無ければ、旅はまだまだ続いていたことであろう。書に曰く、「呪術師何某、己が優位のいずれ脅かされんこと魔術のごとく先読みし、我らが風雲児が枷に繋がれ、かの悪名高きジャマイカ島へ送られるべく計らえり。かの地にて風雲児の命運変転し、数多《あまた》の海の英雄や、暴君達への神罰、また怖れ知らずの自由の守り手達と邂逅するに至れり」これらの者こそ、キャプテン・ベラミーの旗下に参じた者どもであった。

常の帆船に異ならず、この船でも水夫らの熱に浮かされたような活気は、船が凪に任せて長閑《のどか》に進む時には、延々と続く無為へと転じ、乗組員らは気の向く儘《まま》に過ごす仕儀となった。

斯《か》くしてそのような凪《なぎ》のいつぞやに、件の芸術家先生が「王者の海賊」と題した戯曲を書いた。戯曲の主たる顔ぶれは、アレクサンドロス大王と、どうやら、その他の歴史上の人物、そしてまた当然ではあるが——海賊達だった。乗組員の多くが出演を快諾した。そこで然るべき期間の稽古を経て、後甲板で初演の運びとなった。残りの乗組員は満悦至極、割れんばかりの拍手を作者と役者陣に送った。しかしながらある偶然の出来事が、作り物の悲劇を現実の劇的な事件に変えてしまったのである。

アレクサンドロスが劇中で眼前に立つ海賊を尋問していたちょうどその頃、演劇への参加を敬遠した船の砲手が、船底の火薬庫兼船室にて仲間三人と和気藹々《あいあい》と酒を酌み交わしていた。男が用足しに甲板へ出てみると、突如、奇天烈な出で立ちの見知らぬ男達が、縛られた仲間を脅しつけている光景を目の当たりにした。その上明らかに権力を身に纏《まと》った何者かが、こんなことを言っているではないか。

「死はそちの卑しき所業への
恩賞と心得よ
明朝を期し縛り首に処す

動顛した砲手には虚実を隔てる幽《かそ》けき帳《とばり》は目に入らず、これは自分が仲間同士で親睦を深めている間に、船に何事かが生じたに違いないと思い込んだ。船底に戻るや彼は、窮地に立つ朋輩の迅速なる救出を訴えた。

「やつらは好漢ジャック・スピンクスを縛り首にすると脅してやがった。このまま放っておけば、俺達全員片っ端から縛り首だ。だが見てやがれ。そうは問屋が卸さねえ」と、烈火の如く檄を飛ばした。砲手はパンチを一口流し込み、手榴弾を引っ摑んで導火線に火をつけ、甲板へと飛び出した。仲間達は船刀《カトラス》を手に後に続いた。

砲手は甲板に躍り出るや手榴弾を役者連の只中へ放り込んだ。仲間達は刀を鞘走《さやばし》らせ、右へ左へと切りまくった。思いもかけぬ展開に仰天した観衆は、まず四方へ飛び退《すさ》り、然る後にこの救い主達に襲いかかった。アレクサンドロスを演じていた乗組員は左腕を切り落とされ、気の毒なジャック・スピンクスは爆風で足を折った。勃発した騒ぎの中でとんまな救出者達は全員縛り上げられ、枷をはめられた。全員すなわち芸術に対する冒瀆と失われた左腕の報復としてアレクサンドロスがその場で切り殺した一人を除いた全員、である。

朝になって狂乱が鎮まると、船上裁判が行われ、事件の当事者達は皆、執拗なまでの取り調べを受けた。しかしながら、砲手の言い分を聞いた後、法廷は、全会一致で砲手並びにその同志達を無罪とした。あまつさえその自警ぶりに高い評価を与えさえした。それ故片腕を失ったアレクンサドロスでさえも、己を不具にした張本人達を許さざるを得なかったのである。されども船長は、今後同様の事態が出来《しゅったい》せぬよう、船上での演劇は罷り成らぬと申し渡した。

以上がカリブ海海賊船団船上アマチュア芸術活動に関する簡潔な顛末記である。

（木村恭子訳）

Краковский демон

クラクフのデーモン

マクス・フライ

銀色のデーモンが、営業用のマントをたくし上げる。マントの丈はかかとまでどころか、竹馬に乗るのを計算してかなり長い。コスチュームを痛めないように気をつけて低い塀の上に腰掛けると、銀色の無表情な頭が付いている長い杖をぼくに差し出す——ちょっと持ってろ。仮面を取らずに、開けてある口のすきまにタバコを差し込んで、銀色の袖で風をよけながらタバコに火を付ける。

「俺はビャウォブジェギ〔ワルシャワの南約七十キロ〕で育ったんだ」と言う。ぼくから杖をひったくると、銀色の柄頭《つかがしら》のつるつるした額をぼんやりとなでて、そいつに親しげに目配せして、またぼくの方を向く。「そこはひどく嫌な田舎なんだ、あんたにうまく伝えられないけどね。問題は僻地ってことだけじゃない。ほら、たまたま立ち寄ってそのまま居着いちまうような村ってのがあるだろ。でも、ビャウォブジェギはどのみち村じゃなくて、ちっぽけって言っても町だし、世界の果てってわけでもないが、全てが退屈で退屈でね。思い出すよ、ガキの頃、天気のいい朝に家を出て川に行くと、草は青いし、水は銀色に光っているし、柳もしだれてるし、睡蓮なんかも、みなそれぞれ花盛りで、そこらの自然ってやつが美しいというのは、だれも文句の付けようがない。それから、岸を歩いて行くと、まだ八歳の子どもには、これから長い夏の一日が待っていて、理屈の上では人生は奇跡そのものっていうけど、でもやっぱ、ものすごく退屈でね、空気に毒みたいなものが混ざっている感じで、ガキだって体にこたえるよ。ホント、これほど退屈だったところはなかったな。一番近い町はラドムでね、でも近いと言ったって、三十キロは行かなければならない。バスだったらまだましだけど、自転車では疲れ果てるよ……。そうそう、ひどいド田舎だったけど、航空ショーがあったのはラッキーだったな。ガキの頃にはみんな、待ちきれなかったなあ、唯一のビッグイベントだった。当然、みんなパイロットになりたいと思ったものさ。でも、仲間のうち、本当になったやつがいるかなあ」

デーモンはうまそうに煙を吸いこむ。もつれた銀色の髪の毛が風になびく。彼はまさにデーモンらしく、人間離れした美しさだ。金曜日と休日の正午から適当な時間まで超人的に美形でいることが、彼の仕事だ。

「ご覧のとおり、俺はパイロットにはなれなかった」と、彼は言う。「だけど、学校を卒業してすぐにビャウォブジェギから逃げたんだ。ワルシャワの総合技術大学に入ったよ。首都にいられるんだったら、どこでもよかった。なんて学部だったかも覚えてないね。しかし、半年ばかりは何とか頑張ったんだ。それから映画に出ないかと誘われた。道でひょいと呼び止められて誘われたんだ、わかるかい？　結局なんてこともなかったよ。プロの俳優が採用されたんで、俺は数カットに出ただけだけど、それでも、数日間にしてはけっこう稼いだよ。それに、その撮影で演劇大学の女の子たちと知り合ったんだ。もう最高の子たちでね。それまで俺の周りにはそんな女の子はいなかった。それで、言うんだよ、うちの大学を受けてみなさいよ、受かるかもよ、男の子はいつも足りないし、あなた、まあまあいけそうよ、才能あるかも、ってね。俺は俳優になりたいわけじゃなかった、馬鹿みたいな職業だと思ってたし、まあ、今でもそう思ってる。でも女の子たちは大学生活がどんなに楽しいか話してくれるし、おまけにどっちみち総合技術大学は放校になってただろうと思う。試験の前に自分のとったノートを読んでみたら、なんと、講義の代わりに詩だの文章だのがなんかごちゃごちゃと書いてあった。そうなんだよ、退屈して、超くだらない創作なんかして、そいつを忘れないように書き留めたってわけ。それでまあ、ほらよくあるだろ、夢中になっちまうと周りが何にも見えないし聞こえないのさ。どんな講義だったんだろうな……。要するに、俺は試験を受けてみようともせず、再試験にも行かなかった、再々試験にも、再々試験にも。要するにね。で、そんなことが続いている間に、演劇大学に、まずはあの女の子たちのところに行きはじめた、まあ遊びにね。そのあとは大胆になって、あちこち教室にもぐり込んで、聴講生のような顔をして座ってた。教師たちは俺を迎えてくれて、どういうわけか気に入られた。そのころ俺は滑稽だった。ひょろ長くて、やせっぽちで、赤毛で、ガキっぽい面して、ピエロそのものさ。それでうまくいったのかもな。そんなわけで、入学するのは簡単だった。教師は俺を見慣れていたし、俺が試験を受けに行ったら、びっくりした教師もいたな。もうとうに大学に入っていると思ってたんだよ」

銀色のデーモンは、近くにある屑かごに狙いをたがわず吸い殻を放ると、ぼくの手からミネラルウォーターの瓶をとって、仮面を外さずにすむようにストローで飲む。

「要するに、こうやって俺は首都にしがみついたのさ。で、それからはビャウォブジェギには帰ってない。ああ、帰ってないっていうのはうそだ、もちろん、ともかく年に一回は帰らなきゃならない、お袋が住んでるからな。友だちが言うんだ、『受難週間は普通のやつらには復活祭の前にあるけど、おまえの受難週間はクリスマスの前にあるんだな』ってね。でも、あいつは一週間なんて言うけど、俺は三日ともたないね、冬にあそこにいると首くっちまいそうだよ。だけど、お袋は棒でたたいてもビャウォブジェギから追い出せないね。ことに今はね、集合住宅から庭と畑付きの農家に引っ越したから。家ったって、実際まったくひどいもんだよ、すきま風だらけだし、雨漏りはするし、もう目一杯修理につぎ込んだんだがその甲斐はなかった。分別があったら、あそこには修理なんか必要ない、あばら屋なんぞクソ食らえって具合に焼いちまって、新しいのを建てるといいのさ。けどそんな金はないしね。でもお袋は屁とも思ってないんだ、お袋にとって大事なのは庭さ。これまでずっと夢だったんだ。今じゃ朝から晩まで庭仕事さ。家の中に入らせようったって無理だな。こないだ電話してきて自慢してたよ。お袋の庭の写真がネットに出てるって。市のサイトにね。そうなんだ、今じゃどこのつまらん田舎だってネットにサイトを持ってるんだ。画面の半分は紋章、管理局のアドレス、問い合わせ部所の電話番号、ローマ法王か大統領と一緒に写した市長の写真、国の機関のリスト、ほかにもそんなようなしょうもないものとか、それにもちろん名所旧跡のページ。だけど、ビャウォブジェギにどんな名所があるって言うんだ。多分お袋の庭だけさ。ネットでお袋のバラを見たよ、で、つい、『ビャウォブジェギは、きっといい町なんだな』と思ったよ。自分でもおかしかったなあ。ああ……ちょっと、ごめんよ」

銀色のデーモンは懐を探ってスマホを出して、ショートメールを読んで返事を書いて、もういちどマントのひだの中にしまい込む。

「さてと、気がつかないうちに、役者の技術は身に付けた。楽しい時間だったよ。でもそのあとで楽しくなくなった。どうあがいても、仕事がなにも見つからなかったんだ。結婚式で酔っ払いの田舎者を楽しませるにも、コネなしでは仕事にありつけないんだ。俺はやってみようとも思わなかったね。それで、友だちが言ったのさ。クラクフに行こうぜ、おまえはタンバリンを叩けよ、俺はバイオリンができるから。あそこではストリートミュージシャンが好かれてるから、金が稼げるかも、ってね。俺は、いつだって、クラクフにだって地の果てにだって行く準備ができてたよ。なんたってアパート代もなかったし、ガールフレンドは空きっ腹で母親のところにとっととと逃げてったし。本気で怒ることもできなかったよ、よくわかってたから。でもひどくつらかった。友だちはそのころ車を持ってた。やつは『外車』って言ってたけど、ソビエト製のジグリさ、わかるかい？　でも、動いたよ。まあ、まさかの時には座席で眠ることができるしね、公園のベンチで寝るよりましだよ。要するに、話がまとまって、すぐそのまま真夜中に急いでクラクフに出発した。そして朝のものすごく早いうちに到着した。ちっとも眠くなかった。俺たち、そのころ頑丈だったし、緊張してたしね。新天地で一体どう転ぶかわからないから。車をどこかのマンションのそばに停めて、楽器を持って中心部に向かった。友だちは何度も行ったことがあったけど、俺は初めてだった。ああ、あのころはほとんどどこにも行ったことがなかったな、ビャウォブジエギみたいなとこから出てきたから、ワルシャワが世界の中心だと思ってた。どうして他所《よそ》に行く必要がある？」

銀色の袖にマルハナバチが止まる。銀色のデーモンは長い杖で追い払う。

「それにしても、俺には、始めから順番に話すというめんどくさい流儀があるんだ。多分、そのせいで長編小説をどうしても最後まで書くことができないんだな。もう五百ページにもなると思うよ、十四ポイント活字ならね。それでもひどく多いさ。やっとのことで本題に入りはじめたところなんだ。まるでトーマス・マンだよ、なんとも畏れ多いけど……。こんなこと話すつもりは全然なかったけど、でももし、ビャウォブジェギやお袋のバラのことや、演劇大学や、エージと一緒に夜明けにクラクフに来たことや、ミコワイスカ通りを歩いて、初めてすっかり朝靄におわれた聖マリア聖堂の塔を見たこと、そういうことを話さなかったら、それは俺の話じゃなくて、他人の人生のおそまつな作り話になってしまう。そんなことはできない」

ぼくがわかるよという風にうなずくと、銀色のデーモンは新しいタバコに火を付けて、続きを話す。

「俺たちは霧に包まれた塔を見て、そっちに歩いて行って中央市場広場に入った。そこがどんなに大きいかわかって、もうびっくり仰天したよ。ワルシャワの旧市街市場なんてちっぽけなものさ、王宮広場だってちっぽけに毛が生えたようなもんだよ。でもクラクフの市場広場ときたら！　まして人がいない朝早くだろ、――素晴らしい。言葉もなかったよ。それで、ひどく感動してさ、聖マリア聖堂の下に立って、まるでひどい田舎出の阿呆のように、『マリアさま、どうぞお助け下さい、腹がへっているんです、寝るところもないんです』*って、声を出して言ったんだ。そして、自分でもおかしくなって、処女マリアさまもあの辺の空の上で、古くさい冗談だなあと笑ってるように感じたよ。マリアさまと冗談を言うやつなんてめったにいないだろうな、多分俺が初めてかも。で、エージが大笑いして、『おまえが立派なカトリックなんて、あきれるよ』って言うんだ。俺は『俺たちがやらなきゃならないのは、コーヒーを飲むことだ』と言ったのさ。わかってるだろうけど、俺たちには家に帰るガソリン代しかなかった。稼げるかどうか、まだわからなかったんで、一銭も使わないって決めてたんだ。だけど、まぁどうしてだか、全てうまくいくって気がした。金が足りなくなろうとも、実際のところコーヒーを飲まなきゃならない。一昼夜寝てないし、仕事を始めるんだから。ぐるっと見まわすと、まだ朝早かったから周りはどこも閉まってた。エージは、すぐそばにある駅に行こうって言う。その時、俺は、赤いワンピースを着た白髪の美人の奥さんが自転車から降りて、バーのドアの鍵を開けているのに気がついた。奥さんは中に入った。ドアの鍵はかけなかったんで、俺は突進した。聞いてみた、コーヒーを淹《い》れてもらえますか、それともまだ開店前ですか、ってね。すると、俺がピロシキを焼いてほしいと頼んだ時のお袋のようにふうっとため息をついた。動くのが面倒くさいし、忙しいのに、ってね。でも、本当はお袋もピロシキ焼いてって言われたのがうれしかったのさ。で、彼女は言ったんだ、『いいわよ、あんたたちが飲みたいって言うんなら、淹れてあげるわよ』とね」

デーモンがそのことを思い出して銀色の仮面の下で笑っているのが、見えるようだ。

「その店で俺たちはコーヒーを飲んだ。そしてもうちょっとぶらついて、場所を選んで、準備して、どんな具合か試しに演奏してみた。俺たちは全部言葉で決めてただけで、一回もリハーサルしてなかった。俺はただ適当に叩けばいいんだけど、エージは最後にバイオリンを弾いたのがいつだったのやら、とんだ迷演奏家だった。でもだいじょうぶ、三十分はもたもたしたけど、それからうまくいって、自分でも気に入ったほどだった。すると、カンカン帽をかぶった爺さんが、古物商を逃げだしてきたようなヨボヨボの爺さんだったよ、まっすぐやって来て、ホントさ、こう言ったんだ、『馬鹿な子たちだよ、音楽をやるってのに、帽子も置かないで、どこに小銭をいれるんだい』ってね。俺たちは帽子を持ってなかった。が、エージはすぐに機転を利かせて、バ

*最初は控えめに「水を一杯」と頼んで、食事や宿まで要求する古い小話がもとにある。

イオリンケースを爺さんに差し出した。すると、小銭どころか五ズロチも入れてくれたよ。さい先のいい始まりで、俺たちはうれしくて踊りだしたよ。そのあと、みるみるうちに人が出てきた。旅行者は早くから広場に出てくるんだ。どうして眠くないのかわからないけどね。俺たち以外にミュージシャンはまだいなかったんで、小銭は全部俺たちのものさ。お昼になる前には俺たちは金持だと思ったよ。プレッツェルパンを一個ずつ買って、部屋を捜してまわった。こんなに全てうまくいってる時に家に帰る阿呆もいないからね。最初はカルメリツカ通りの、とあるばあさんの小部屋を借りてね、二日ばかり南京虫のえさになってたよ。それから、グラジーナさんが、ほら赤いワンピースの、バーを開けてた人さ。俺たちあの時から毎朝コーヒーを飲みに寄ってたんだ、縁起を担いでね。おばちゃんはなんでも知ってる人でさ、広場からすぐ近くにある聖アンナ通りの安い下宿の住所を教えてくれた。部屋は二人にはなんとかいける大きさだったけど、廊下にシャワーがあってね、各階に一個だったが、俺たちには贅沢に思えたよ。あのばあさんのとこではタライで洗ってた。けど、そんなもんだよ。毎朝広場に行って演奏した。時々は夜にも立ったよ。最初、ずっと身構えてたんだ、すぐにだれか来て、場所を取りあって小突かれて追っ払われたり、場所代を取られたりするんじゃないかって。でも、だれも俺たちなんか気にもとめなかった。旅行者がいただけさ。立ち止まって、聞いてくれて、小銭を入れてくれて、バイバイだ。それこそ、望むところさ」

銀色のデーモンは気持ちよさそうに自分の杖で背中をかく。杖を飾っている銀色の頭は自分の高みからぼくたちを平然と眺めている。

「要するに、夏のあいだ俺たちはとてもいい具合に稼いだ。エージは八月に家に帰った、ワルシャワにね。でも俺は残った。今では、最初の日から残るってわかってたような気がする。俺たちがミコライスキ通りを聖マリア聖堂の方に歩いていた時、俺はもう我が物顔で周囲を眺めてたよ、おい、おまえが俺の新しい家だな、けっこうけっこう、俺にぴったりだぞ、そうだとも、てな具合にね。で、俺はここでずっとうまくいってたよ。今思いだしても自分でもびっくりするけどね。仕事もすぐに見つかった。ちゃんとした仕事さ、広場に立つんじゃなくて。俺たちが住んでたあの下宿で、夜の玄関番が急に暇がほしくなったんだが、『代わりを捜さなければ辞めさせない』と言われたんだとさ。そいつは俺にどうかと言ったんで、それで俺は偉いさんと取り決めた。給料の三分の一は金で支払ってもらい、残りは住むところにあてるってね。屋根裏の物置部屋から掃除機とアイロン台をどこかに運んでって、ガタガタの寝台が俺用に据えられて、ここに住んでくれって言われた。全部で四平米だったが、全部俺のものさ。天井の窓は、銃眼のように狭かったけど、やっぱり俺のものだ。で、金ね、金は問題ないさ。学生の頃に比べたら、給料の三分の一だって、ヤッターってもんだ。そして、エージが行っちまったあと、別の子たちのところでタンバリンを叩いた。で、そいつらが家に帰っていった時には、地元の、クラクフのミュージシャンたちが一緒にやろうと呼んでくれた。タンバリンの腕はたいしたことなかったけど、そのころには俺の姿が目立つようになっていたんだ」

「あんた、今もまあ悪くない姿だよ」とぼくは言う。

「そうだな」と、銀色のデーモンは同意する。「でもこいつはただのコスチュームさ。だけどそのころはな、想像してみろよ、赤毛が腰にとどくぐらい長くて、仕事に行く時は編んでたよ、十二本に。半分はプレッツェルパンみたいにひねって留めて、もう半分はぶらぶら垂らしてたな。そのあとで、一本を緑に染めた。自分が思ってたよりうんといけてたよ。よかったのは、旅行者に気に入られたことさ。みんな俺と写真を撮りたがったよ。で、俺はというと、帽子に金を入れてくれるんだったらなんでもうれしいさ。帽子は共有だったから、仲間は俺と一緒にやるのに大満足だった。しばらくやつらと一緒に演奏したが、次の年は突然〈生きてる銅像〉パフォーマンスが流行りはじめたんで、俺もやってみようと決めたよ、うまくいくかもしれないだろ。それで、うまくいったってわけ。やらなかった銅像はないね、道化師も、騎士も、王さまもやった。まあ出世してったってこと……。で、このコスチュームは女房が考えたのさ、その時はまだ女房じゃなかったけどね。俺たちは知り合いになったばかりでさ、でも俺はとうに目をつけてたけどね。あいつはとびっきりの美人なんだ。真面目だし、画家なんだ。あいつは広場に絵を売りに来たんじゃなくて、スケッチしに来てた。まだ勉強中で、ちょうど卒業制作の準備をしているところだった。俺のこともスケッチして、それで知りあってね、グラジーナのバーにコーヒーを飲みに連れていって、座っている時にあいつがこの衣装を考えついたんだ。自分が縫うって言ってくれて、仮面は一緒に張り子で作った。そのあとで、一晩中、キスもしないで、色を塗ったよ。俺さあ、これまで一度も女の子に遠慮したことはなかったけど、ヤンカとははじめは中学生みたいにしてた。怒って追っ払われるのが怖くて……。それで、このコスチュームを着たら、ほんとに大成功だった。名所になったよ、クラクフのラッパ吹き*にも負けないくらいの。立ってると、時々旅行者たちが、大声で言いあってる声が聞こえてくることがあるよ。『見ろよ、銀色だよ！　こいつだよ！　カールがクラクフの銀色のやつのことを言ってただろ、一緒に写真を撮ろうぜ』って」

銀色のデーモンは次のタバコを取り出すが、火を付けずに、考え込んだように手でひねくりまわしている。

「全てが調子よかったのにな」と、デーモンは言う。「わかるだろ、この広場で俺は一番目立っ

＊聖マリア聖堂では時報の鐘のあとに吹き鳴らされるラッパが有名。ちなみに曲は、モンゴル軍襲撃の危険をラッパで知らせている最中にラッパ手が矢で射殺されたという伝説に倣って、途中で終わる。

て、ピカイチだって、そう思われてた。俺のヤンカがコスチュームにかけた努力も無駄じゃなかった。だが、この前の春にちょっと特別なことが起こった。俺は普段どおりここに来て、日曜日の昼頃だったな、グラジーナさんのバーで着替えた、ずっと仲良くしてるんだ。おばちゃんがよくしてくれてね、店の小部屋にコスチュームと竹馬を置かしてもらってる。でなきゃ、どうやってこのケバい衣装でヴィエリチカからここまで来たらいいってんだよ……。だいたいのところ、調子よくいってる。で、俺は正午にまっすぐ広場に出た、聖マリア聖堂のラッパの時報が鳴りはじめるのと同時にね。いつもの場所に落ち着いたとたんに、二人のおばさん、年のころ六十歳ぐらいの、太ったおばさんと痩せたおばさんが、俺の方に走ってくるのに気がついた。かかとまであるロングスカートをはいて、ハイヒールに野球帽という格好が滑稽だったけど、可愛らしかったよ。そして、一人がもう一人にスペイン語で『この人よ、この人よ！』って叫んだんだ。俺はスペイン語が少しわかった、ロルカを原文で読むためにちょっと勉強したことがあったから。ロルカがひどく好きだったんだ、今でも好きさ。スペイン語は、もちろん、やめちまったけどね……。でも、『この人よ』って言葉をスペイン語からポーランド語に訳すくらいの知識はある。ざっと言うとね、二人は走ってきて、痩せた方がドンと膝をついた。『ありがとう』って言う。『ありがとう、私の救世主！　私の命を救ってくれて。決して忘れません』てね。そして、俺の服の裾にキスするんだ。あやうく竹馬がからまるところだったよ。ひょっとして、なんか聞き間違いかなって思ったよ。なんたって、スペイン語はそんなに知らないんだから。すると、もう一人の太った方のおばさんが俺の缶に何かお札を入れて『私を撫でてください！』と言うんだ。でも、これは普通のことなんだ、俺は、缶に金を入れてくれる女や子ども全員の頭を撫でるのさ、男だったら、手を握るだけだけどね。知り合いたちがこの瞬間を写真に撮って、みんなハッピーなんだ。それで、当然、俺は彼女の頭を撫でたよ。でも二人は写真を撮りはじめようとしなかった。痩せた方は、まだしばらくは、命を救ったと言って号泣するし、太った方は黙って、お祈りするように両手を組んで俺をじっと見てるだけなんだ、ひどく感動的な姿だったんで、俺はもう一回頭を撫でたさ、そうせずにいられなかった。痩せた方も、立ちあがったんで撫でてやった。俺は旅行者とは決して話をしない、それが主義なんだ。でもこの二人には、ちょっと慰めてやろうと、『全てだいじょうぶですよ、セニョーラたち、全てがうまく行きますとも！』と言った。二人はひどく喜んで、やっと帰っていった。まあいいさ、こういうこともあるさ、と俺は思った。そのあと、夕方になって、バーに着替えに行って、グラジーナと一緒に金を数えようと、缶から出すと、硬貨の中に百ユーロ札が混じってた。俺はピンときたよ、太ったスペイン人のおばさんが入れたんだとね。他にはだれも思いあたらない。驚いたよ、言葉にならないぐらい。広場でこんなに金をくれた人はだれもいない、〈生きてる銅像〉にも、ミュージシャンたちにも、他のだれにだって。今までにないことだ。こんなこと、全然ありえないよ。グラジーナに話して聞かせた。で、おばちゃんは、心得てるように何度もうなずいて、言うんだ、『坊や、あんた、やっちまったね。今じゃ、あんたはここクラクフの奇跡を行う新しい聖人になったんだよ。でもまぁ、そういうものなの、いつもだれかがなることになってるんだから』」

銀色のデーモンはため息をついて、ミネラルウォーターのビンに手を伸ばす。

「その時から」、一口飲んでデーモンは言う、「時がたつにつれて、普通の旅行者の中に、なんて言うか、ほら、巡礼者……っていうのが混じるようになった。飢えたような目付きで、まるで奇跡のイコンを見てるっていうふうに眺めては、なんやかや訴えたり、願ったりするんだ。そうじゃなければ、自分たちの言葉で感謝の言葉を言うんだ。俺にはあんまりわからないけどね、まあ、わからなくってありがたいかも。そして、大金を置いていくんだ。さすがに百ユーロはもうだれも押し込まなかったけど、なんと、百ズロチは、普通のことさ。それは、もちろん、素晴らしい、喜ばなきゃいけないことだよ。だけど、俺は落ち着かないよ。まるでペテン師のような気がするんだ。だれも騙してないし、だれにもなんにも請け合ったりしてない。でもやっぱり、嫌な気分になる。グラジーナは自分とこのバーでいろんな話を聞いては、俺にあれやこれやと話してくれた。わかったのは、全てがあの痩せたスペインの奥さんから始まったってことだ。奥さんはひどい病気だった、心臓か、なんかそんなとこさ。医者どもは緊急手術が必要だ、でも成功は保証できないって言った。それで、彼女は手術を受けるかどうか決心がつかなかった。だれだって手術台の上で死ぬのは嫌だよなあ、なんてったって、家で、自分の布団で死ぬ方がいいだろうさ。それで、聖地を巡りはじめて、祈ったんだ。一進一退だったとさ、良くなったかと思うと、また悪化した。それで、クラクフに来たところ、俺が広場に立っていたってわけ。彼女はしばらくぽかんと見ていて、缶にお金を入れた。俺は、いつものように、手をとって、頭を撫でた。するとその瞬間、哀れなスペインのご婦人は、全てがうまく行くだろうと悟ったんだってさ。俺には、彼女に何が起こったのかわからんがね。で、彼女が家に帰って、急いで医者に行ってみると、もう手術は必要なくて、病気は治っていて、うんと年とるまで生きられるし、ひ孫の子守だってやれるだろうってことが判明した。でも、彼女は、善良なカトリック信者のように聖母マリアを褒め称えようとしなかった。こうなったのは俺が彼女の頭をありがたくも撫でたからだと思い込んじまった。礼を言うために、クラクフの俺のところに戻ってきた、病気の友だちを連れてね。その友だちにそこで何があったかわからんが、友だちも治った。スペインの奥さん方は、もちろん、このことを知り合い全部に言いふらした、知り合いは、また自分の知り合いに。で、噂がどうやって広まるものか、知ってるだろ。スペイン人だけに留まらなかった、わかるよな。グラジーナは、この話をロシア人の友だちから聞いた、で、うちのヤンカはインターネットで見た、どこかのドイツ人のブログでね。ヤンカは、今、ドイツ語を勉強してるんだ。それで会話がうまくなるようにあれこれ読んでて、ブログにでっくわしたのさ……」

銀色のデーモンはいまいましげに、さっきのマルハナバチを手で振り払う。

「何が一番不都合だかわかるかい」と、デーモンがたずねる。「俺は今じゃあ、この広場からどこにも隠れちまうことができないんだ。俺には、もう普通の仕事がある、半日のな。古本屋の店なんだ。それに半月前、劇団に呼ばれた。今のところまだひとつしか役はもらってないけど、どうやらうまく行って、常設の劇団に入らないかって言われてる。常設の劇団なんて無理に決まってる。休日にはマチネーがあるし、地方公演にも行かなきゃならない。でも、俺は、ここに来る哀れな人たちをだれに預ければいいんだ？　もちろん、これは馬鹿げたことさ、俺は治療者じゃなくて、ビャウォブジェギから出てきたただの若僧で、元はワルシャワの学生で、だらしない役者で、仕方なくやってる偽医者さ。だけど、みんなは俺を信じていて、たぶん、そのために回復するんだろうよ。少なくとも、大勢がやって来て、『ありがとう』って言うし、みんな手にキスをしようと待ってるしな……。それで、今じゃあこの広場に一生繋がれているってわけさ、ほら、こいつがその鎖だよ」

銀色のデーモンは腹立たしげに、マントの帯にしている小道具の鎖を引っ張ってみせる。

「そもそもなんで俺があんたにこんな話をしているかと言うと」、と彼は言う。「あんた、ひょっとして、俺の代わりに働いてみる気はないかな？　俺は、一目見て、あんたに目をつけてたんだ。

そして、あんたが用もないのに広場をぶらついて、いつも俺の周りを回っては、じろじろ眺めてるのを見たよ、でも旅行者には見えないしな。それで、話をしようと、声をかけたってわけさ。俺たち、多分、身長も体格も同じだし、あんたの目も青だしな。これが大事なんだ、仮面の下から見えるのは目だけだから。それで、竹馬の乗り方はすぐに教えてやるよ、難しいことなんかないから。俺だっていつのまにか立って歩けるようになってた。ローラースケートをやるより簡単だったよ……。あんたをみんなに紹介して、もし必要なら、住まいのことも口きいてやるし、俺と同じようにコスチュームを預かって着替えもさせてもらえるように、グラジーナと話をつけてやるよ。で、どうだい、やってみるかい?」

ぼくは、デーモンの銀色の手袋をはめた手を見て、考えている……おかしなことになったな。今となっては、おそらく、もうデーモンにぼくの頭を撫でてくれと頼んでも意味がない。大体、まさにそのために、クラクフに来たというのに。ずっと、ずっと前に、最初の日に、頼むべきだった、広場をうろうろしたりせずに。自分に聞いてみたいよ、何を遠慮してたんだろう、何を待ってたんだろうって。そして、ちくしょう、今、奇跡を願ってた最後のばかばかしい希望が粉々にくだけたっていうのに、なぜ喜んでるんだ?

「面白そうですね」とぼくは言う。「考えてみなくちゃなあ。仕事は、実際のところ、差し支えないですよ。それに、クラクフは良い町だから、この先百年か、二百年ぐらい住んでもいいな。手始めに、竹馬に乗ってみますよ、そしてどうなるか見てみましょう」

銀色のクラクフのデーモンは、足にからみつかないように長いマントをからげると、低い塀から立ち上がって、ゆっくりと竹馬が置いてあるグラジーナのバーに向かう。やがて、ぼくも立ち上がって、長い杖を頼りに歩く。一歩ずつ力がわいてくるのを感じるし、頭はもうぐるぐる回らない。ぼくの銀色のゆるい上着が帆のように風にはためき、小道具の銀色の頭は親しげにぼくにウインクする。そして、ぼくは思う、このコスチュームで町を歩きまわることは、もちろん、たいしたことじゃない、でも竹馬なしでは、みっともないな、それに、仕事の合間にタバコを一服なんて、もう二度と必要ないな、絶対に。

（丸尾美保訳）

Руководство по наблюдению кучевых облаков

積雲観察の手引き

アンドレイ・スチェパーノフ

人生に意味があるのは草の上に寝そべって空を眺めているときだけだ。どこか川べりがいい。草をくわえていればもっといい。

ある町に白い寺院がありました。それは川べりの高い丘の上にあって、ずんぐりした黄色い古風な建物に囲まれてそびえたっていました。そんな古老たちと寺院は何を話せばいいというのでしょうか。彼らはただ、町にまだのっぽの建物がなかった時代を懐かしんでは、犬や車のせいで自分たちがどんどん黄色くなっていくとぼやいているだけでした。それで寺院は雲たちとおしゃべりをしていたのです。この町の雲は特徴的で、白くて大きな雄大積雲でした。もくもくと空のてっぺんまで湧きあがって幾重にも厚みを増し、幾筋にもなって流れていきながら、驚くべき形をつくっていくのです。実際に、その雲は刻一刻と姿を変えていき、その変化とともに雲たちの性格も変わっていきました。

「いい朝ですねぇ！」そう言って、目を覚ましたばかりの寺院は日の出の方角から流れてきた綿雲に挨拶したものでした。鼻の大きなお人好しのフラマン人のような雲でした。

「まったくだ！」フラマン人は笑いながら、もくもくした両腕を大きく広げて抱擁しようとします。「さあ、シャワーだ、シャワーだ、反論は却下だ！」

「そうそう、ちょうど一浴びしたかったところです」と、寺院は喜んで同意しました。

「仲良く助け合って生きていくって、素晴らしいことだね！」フラマン人は雨を降らせ始めながら、喜びの声をあげました。

「でも、私なんかがいったいどんな役に立っているんですか？」

「じゃあ、あなたは、こんな太鼓腹をひきずるのは簡単なことだと思っているのかい？　だが、おかげで、これでお腹もだんだん小さくなって……」

寺院がありったけの排水パイプを使ってようやく雨水を吐きだしたとき、もうフラマン人の姿はどこにもありませんでした。その場所でうろうろしていたのは、ちょうど今コカ・コーラの瓶から放たれたような細長い頭のやせっぽちの魔人《ジン》でした。

「さてさて。三秒間で願いを叶えてあげましょう！」と、ジンは宣言しました。「考える時間はありませんよ、人生に何が必要かを即座に決めなさい！　さあ、数えますよ。いち……」

重要な問題でしたので、寺院はそれでもまだ円屋根にしわを寄せて思案していました。そのあいだにジンは長いあごひげを肩の後ろのほうへ投げやって、キトンをまとった小さな天使の姿になりつつありました。

「つらいでしょうね、ずっと一か所に立ち続けているのは？」と、天使が気の毒そうに言いました。

「そりゃあ、面白くはないですよ」と、寺院はため息をつきました。「けれども、そのおかげで、ある種の安定感があるとも言えますがね……」

安定感について寺院はだれに話しかけているのでしょう？　天使はとっくに姿を消していて、その場所には澄みきった空が見えていました。

（つまり、こんなふうに一生を過ごしていくっていうことなのかな）と、寺院は思いました。（ひとりの友だちもいないまま、ただ行き交うものと知り合うだけ。これまで数えきれないほどの出会いがあったはずなのに、その半分も記憶にない。何とかして決まった話し相手を持ちたかったのになぁ……。たとえば、工場の煙突みたいに。彼らにはいつも決まった煙がいる。汚くて、息苦しくて、確かに害はあるけれど、自分の煙だ。家族みたいなものだ。それなのに、私にはだれもいない。これからだっていないだろう。私にあるのは鐘の音だけ）

こうして寺院があまりにもつらそうにため息をつきましたので、鐘たちが震えてゴーンゴーンとうなりだし、それを聞いた人びとが心動かされて流れるように寺院の中へ入ってきました。

（さて、そろそろ仕事にかかろうか）と、寺院は思いました。扉を開けたり閉めたり、聖歌の歌声に合わせて音を反響させたり、慎重にオルガンに合わせて歌ったり――寺院はそんな単純な仕事が大好きでした。彼の音感は絶対的でしたが、声はやや重苦しく響きました。

夕方の五時になると、寺院の頭上を飛行機が通り過ぎていきます。

「ねえ、ボンベイのあたりはどんなだい？」と、寺院がたずねました。

「あそこにボンベでもボーンと投下してやりたいよ」と、ボーイング旧型機はだじゃれで答えました。「むし暑いばっかりで、みんな無視して知らんぷりだ」

「疲れた？」

「うん。はやく格納庫へたどり着きたいよ。油だ、油、たくさん油をさしてほしい……」

「ねえ、きみ、飛ぶって難しいの？」

「難しくないけど、退屈なんだ。とくに、下に何も見えないときは。悪い、ごめんよ、今は急いでるんで、明日またおしゃべりしよう、いいだろ？」

「じゃあ、さようなら」

夜遅くなると寺院は扉を閉ざされて、悲しい思いと向き合うことになるのでした。どうしても寝つけないときは空を見あげて明け方まで、ゾウが一匹、ゾウが二匹……と無口なゾウを数えていました。冬には、もうだれとも口をきくことがありませんでした。それというのも雲が木星の雲のようにずっしり重たく形を無くしてしまうからでした。寺院は過去を振り返ってみようとしましたが、過去のこともぼんやり曖昧でした。自分がどう建てられたのか、どう清めの儀式をされたのか、なかなか思いだせませんでした。そのあと、お勤めと流れゆく雲たちとおしゃべりする日々がもう長いあいだ続いていています。これまでの半生で思いだせる特別な日は十日もありません。せいぜい珍しいオーロラとか、数回あった広場でのロック・コンサートとか、この百年間で三回だけ見ることができたパールブルーに輝く雲くらいでした。

　黄ばんだ古い建物たちはこう言って寺院を非難しました。

「兄弟よ、雲の世界で暮らしていなさるのか。自分のまわりにある文化的価値には目を向けないで、叶いそうもない夢にばっかり浸っていなさる。そういうことに頭を使うのは、寺院に似つかわしくない、ふまじめなことだ。人びとは敬意をもっておまえさんに接しているのだし、外国人たちはわれわれを見ようと思って足を運んでくるのだから」

「雲たちとおしゃべりするのは、ものすごく真剣なことです」と、寺院は反論しました。

「それはまたどういうことだ？」

「つまり、われわれは永遠にずっとこのままですけど、雲たちは一瞬一瞬が最後だからです。それに雲たちだって話をしたがっているんですよ」

「すっかりいかれてしまってる！」と、古い建物たちはため息をつきました。「凍った蒸気と話をするとは」

「くそっ、みんな、どっかへ行っちまえ！」とうとう寺院は腹をたてました。「おまえらにとやかく言われる筋合いはない！」
「やい、兄弟！　それでも主教座のある大聖堂なのか。神様のことを少しは考えたらどうだ！」
それについて寺院は何も答えませんでした。彼の神様との関係は複雑でした。大寺院なら神を信じなければなりません。けれども、空にあるものすべてがあまりにも瞬時に変化していくので、どんな神もそこに踏みとどまることはできないと感じてもいました。だから自分自身が混乱しないように、永遠なるものは一切考えないようにしていたのです。寺院の円屋根には大気と光が満ちているだけで、たまに奔放なツバメが飛んできて、思考のひらめきのように素早く窓から窓へ通りぬけるくらいでした。

ところが、ある年の秋に、思いがけないことが起こったのです。

前日の夕方、寺院は風邪をひいてしまいました。その日は寒く、朝早くから身を切るような冷たい風が吹いていて、そのあと空が雲におおわれ、やがて雨がぽつぽつ降りだしました。寺院は体調をくずしました。熱が出てきて窓ガラスが汗で曇り、古傷のひび割れがズキズキ痛みだして、夜半にはうわごとを言うようになっていました。雲のなかの暮らしが崩れてしまいました。帽子をかぶったマダムの横顔のように見えたので、「マダム、ちょっと待ってください！」と寺院が大声を上げたら、空にはマダムの代わりに頭のない俳優が両手を大きく広げて倒れていました。口ひげのある耳の突きでた首の長い悪魔がどす黒い巨大な胴体を担いで運んでいます。尾翼のちぎれかけた飛行機が飛んできて、「何もかもボーンと！」と叫んだあとすぐに見えなくなって、その場所に機体のない尾翼が長いあいだ漂っていました。

その夜は一睡もできないままで、夜が明け始めたころに寺院がふと目にしたのは、西の空から真っ黒い巨大な雨雲が重く垂れこめてくる光景でした。それはとても高さがあったので、登っていけば空のてっぺんに行けそうでした。雨雲に知り合いなどいないことを円屋根の片隅でわかっていた寺院ですが、なんとなくその雨雲に見覚えがあるような気がしました。

雨雲はどんどんこちらへ迫ってきて、ついに寺院の頭上で動きを止めました。雨雲に口はなかったのですが、真ん中あたりに意地悪そうな細長い目の穴がふたつ開いていました。それぞれの穴から太陽光線がちらっと下を見て、下界が灰色一色なのを見ると、二本の光線は目配せをしたあと雨雲の中へまた姿を消してしまいました。

その瞬間、寺院はぶるっと身震いしました。その雨雲が、彼の、つまり、寺院の姿とまったく同じ形をしていたからです。ただし寺院は白くて、雨雲は真っ黒でしたが。「暑い日には湖の上空にときどき湖とそっくり同じ形の雲がかかるんですよ」と、ある雲が話していたのを寺院は思いだしました。

（まだ熱に浮かされているのだろうか）寺院はそう思って、そのあと声に出してたずねてみました。

「きみはだれ？」

それに答えて雨雲は雷鳴を大きくとどろかせました。寺院の耳が詰まるほどの強い音でした。

けたたましい鳴き声をあげて一斉に上空へ飛び立っていったのは、寺院の円屋根を黒く見せていたカラスたちでした。カラスたちは雨雲めがけて飛んで行きましたが、途中で突然何かにびっくりして、これまた急に群れ全体で方向転換しました。

そのとき、空が炎で真っ赤になりました。まさに写真のネガフィルムさながらの空に明るく照らしだされた寺院は、取り返しのつかないことがこれから起ころうとしていると察知したのです。

そして、まさしく次の瞬間、寺院は恐怖におののいて全身の円柱を震わせました。寺院の円屋根を稲妻が直撃したのです。雷は落ちて静かになりましたが、そのあとも延々と放電が続いていたので、むさぼるように電気を吸収していた寺院の内部にとうとう火がついてしまいました。

四つの鐘楼が次から次へと火を噴いて、まるでロウソクのように燃え上がりました。中央にある円屋根からは黒い煙がらせん状に上がっていって、雨雲と合流していきます。雨雲はみるみるうちに大きくなり、あっという間に町全体を包み込んだように見えました。

（こうして、私のすべてが煙になって雨雲のところへ上がっていって、今に跡形もなくなってしまうのだろう）と、燃えながら寺院は考えていました。（私自身が雨雲になるんだ。世界で一番大きな雨雲になって、そのありったけの力で地面を叩きつける大雨を降らせる。そうしてついに私の生涯が終わるのだ）

轟音をたてて天井が次から次へと崩れていきました。火は年老いた黄色い建物たちにも燃え移っていって、町は夜の火事で真っ赤に染まりました。下界にいる人びとは、どうしていいかわからないまま半狂乱で右往左往していました。そのあと、円屋根が崩れ落ちたのです。

雲たちのあいだで吹いている上空の風が巨大な雨雲を海のほうへと吹き飛ばし始めました。そして、上空にある星空と下界にある暗い海のほかは何も見えなくなりました。

「今の私はいったい何者だろう？」と、雨雲になった元寺院は思いました。「何に見えているのかな？　だれに見える？　どんなものに？　わからないな」

寺院は、毎秒ごとに電気を蓄えて雷雲になっていきました。彼は新たなエネルギーを得て、さらに途中で出会った無数の雲のかけらを貪欲に自身の中へ吸収していきます。内に電気がたまってきて新たな稲妻になりつつある、と寺院は感じていました。そして突然、その瞬間、周囲の暗闇が真っ白になりました。それは彼の初めての稲妻でした。そのあと二番目、三番目、さらにもっともっと続きます。息をひそめた海に電光と雨を浴びせながら、黒い雨雲はどこへ行くともわからず流れていきました。

＊　＊　＊

彼は海上にある晴れた青空の中で我に返りました。そして、自らを眺めてみて、残っているのは鈍色《にびいろ》の小さな雲だけだと知りました。そばに見えたのはそれよりやや大きめの、天使に似た白い雲でした。

「こんにちは、うさぎさん！」その天使がうれしそうに挨拶しました。「ぼくたち、同じ方向に行くんだよね？」

「あの……ここはどこですか？　あっ、そばに来ないでくださいよ、きみと私がくっついてしまいますから！」

「ぼくだって、そうするつもりはないさ。そんな必要ないもん！　ぼくは、もう二度とうさぎになる気なんてないよ……」

「うさぎって、どういうこと？」

「それはさあ、今きみが臆病な灰色うさぎだからだよ。そう思わない？」

元寺院は自分の心にきいてみて、今でもまだ恐怖心があることに気がつきました。けれども、それをおくびにも出すまいと決めました。臆病うさぎなら臆病うさぎでもいい——自分が何に見えようと、今の彼にはどうでもいいことだったからです。

「で、私たちはどこを流れているんですか？」と、彼は天使にたずねました。

「もう入り江を飛び越えたよ。あそこに尖塔が見えるだろ？　つまり、もうすぐ町だ。ぼくはまだあそこへは行ったことがないんだ」

「なら、私なんかなおさらですよ。ねえ、きみ、わかってますか、きみはもう天使の姿じゃないですよ！」

「いいねえ。ぼくはもう、たぶん、力強い山ワシになっているはずだ」と、天使だった雲は呑気に答えました。「つまり、これからそうなるんだ。で、きみは今、何にも似ていない。そうだな、灰色のしみみたいだ。何か怖いの？」

「いいえ！　さっきほどは怖くないみたい」うさぎだった雲は、水平線のほうで気立てのよさそうな狼が気立てのよさそうな熊に変身していくのを目で追いながら答えました。「ねえ、きみ。ほら、あそこに見えるりっぱな寺院のところまで流れていったら、おしゃべりしませんか？」

「それはまた、どうして？」

「まあ、なんとなく。たぶん、老寺院はさびしがってるはずですから」

「じゃあ、そうしよう」と、束の間のワシが賛同しました。「とにかく、きみは何かの形にならなくちゃ、でないと見る気がしないよ。怖がらなくても大丈夫、痛くないから」

「私はもう怖がったりしませんよ。今、やってみますね……。ほら、たとえば、太っちょのこんなフラマン人はどうですか？」

「うーん。きみひとりじゃ無理だよ。きみ

って、やせっぽちだから」

「なら、どうしたらいいですか?」

「一緒になればいい」

「では、そうしましょう!」

＊

ある町に屋根の尖った寺院がありました。それは入り江のほとりの水際に、黄色い古びた建物に囲まれて建っていました。そういう古老たちとは話題がありませんでしたので、寺院はいつも雲たちとおしゃべりをしていました。

「いい朝ですねぇ!」そう言って、目覚めたばかりの寺院が日の出の方向から流れてきた綿雲に声をかけました。鼻の大きなお人好しのフラマン人のような雲でした。

「まったくだ!」フラマン人は笑いながら、もくもくした両腕を大きく広げました。「さあ、シャワーだ、シャワーだ、反論は却下だ!」


(中村栄子訳)

Первая любовь

初　恋

アンドレイ・アストワツァトゥーロフ

ぼくは思っていた。当時のぼくが恋心を抱いていた歌手のタイーシャ・カリンチェンコにも、女優のナターリヤ・ベラフヴォスチコワにも、あの娘《こ》は似ていると。大きな丸い目、白くて滑らかな肌、赤毛の長い髪をした、華奢な女の子だった。そのナースチャ・ドンツォワがぼくは大好きだった。けれど、恋愛経験などまるでなく、どうすればいいのかわからないでいた。ぼくは九歳になったばかりだった。

ちなみに、ダンテがベアトリーチェと出会ったのは、おそらく、これくらいの年齢だ。しかし、彼はぼくとは違い、すぐに自分がどう進むべきかを理解した。魂を奪われ、感動に打ち震え、愛する彼女に騎士道的な愛を捧げた。その結果、『神曲』の作者となった。

ぼくは、その時まだダンテは読んでいなくて、フィレンツェの偉大なる詩人の運命がどうなったのか知らないでいた。もし、知っていたなら、必ずや彼を見習っていただろう。その代わり、好きな娘《こ》に思いきって手紙を書きその大胆さが功を奏したトム・ソーヤのことを思い出して、勇気を振り絞って、ぼくも手紙を書いた。すべてありのままに打ち明けた。君が大好き、学校が終わったら、毎日一緒に帰りたいと。自分の名を書いて、四つ折りにし、読本の授業の前に手渡した。彼女は机に座ってそれを開いた。長い間、くすくす笑ってから、左隣の太った女の子、オーリャ・セミチャースニィフに渡した。二人がかわるがわるぼくの手紙を指さし、くすくす笑っているのが見えた。その声が大きかったので、担任のワレンチーナ・ステパーノヴナ先生に気づかれた。

ワレンチーナ先生は厳格な人だった。なにかちょっとでも問題があると、いつも初めのうちは悪いことをした子を金縁メガネの上から黙ってじっと見降ろしているが、そのうち大声で怒鳴りだし、連絡帳を持って来いとせまるのだった。ぼくたちみんなは先生のことをすごく怖がっていた。彼女の左頬に得意げに乗っている大粒のイボは強烈な威圧感があった。

先生はおこって女の子たちから手紙をひったくり、読み終えるやぼくに顔を向けた。その顔が真っ赤で鬼のようだったので、死ぬほどびっくりした。

「さぁ、立つのよ、今すぐ！」先生は早口で一言一言はっきりと言った。

ぼくは立とうとしたけれど、怖くて身動きもできなかった。

「あなたに言ってるのよ！」先生は金切り声を張り上げた。

ぼくはなんとか立ち上がったが、トイレに行きたくてたまらなくなった。

「ワレンチーナ先生……」震える声でそっと願い出た。「あのう、トイレに行ってもいいですか」

「なんですって？」先生は信じてくれなかった。そして、突如、足を踏み鳴らし、大声でわめき出した。「じゃあ、出て行きなさい！　今すぐ！」

ぼくは熱湯でもかけられたみたいに飛び出したけれど、もう教室にもどる気が起きなかった。結局、授業中ドアの前でずっと立ちとおした。自分がどんな悪いことをしでかしたのかわからなかったが、とても恥ずかしかった。

次の授業で、黒板の前にぼくを立たせると先生は説教をし始めた。最初にあの手紙を読み上げると、クラスメートたちは甲高い声をあげて笑った。

「まぁ、とんだ白馬の王子が現れたこと！」先生は嫌味ったらしく言ってのけた。

それからは、まるで書いてあるものを読み上げるかのようにすらすらと話しだし、授業中ほとんどずっと喋りっぱなしだった。ある瞬間、自分が先生の話をもうとっくに聞いていないのに気づいた。恐怖はどういうわけか完全に消え去り、家で待ち構えているだろうお仕置きのことさえ気にならなくなっていた。まわりのすべて、ワレンチーナ先生も、ナースチャも、クラスの子らも、目の前でくるくる回り始め、消えてしまったようだった。ぼくの頭の中は別のことでいっぱいだった。どうして、ぼくの人生では、何もかもがトム・ソーヤの本とはちがうふうになってしまうのだろうと、わけがわからないまま立っていた。少しの間考えて、それはメガネのせいだと気がついた。

メガネだ！　もし、こんな馬鹿げたものを顔にくっつけていなかったなら、ナースチャもぼくを笑いものにしなかっただろう。ぼくの手紙を大切にして、ぼくを好きになってくれただろう。もし、メガネをかけていなかったら、みんなからメガネコブラなんてからかわれやしなかっただろう。急に、すぐにでも、メガネを床に投げつけ、踏みつけてやりたくなった。でも、それは不可能だと気がついて、ぞっとし、憂鬱になった。ぼくは一生、牛乳瓶の底のようなメガネをかけて、滑稽で不細工でいる運命なのだ。

ぼくはある時メガネをはずして歩いてみたことを思い出した。辺り一帯がすぐにわけのわからないごちゃごちゃとしたもので覆われた。物の輪郭は消え、線も形も持たないどぎつい色の、気持ちの悪い斑点と化した。瞳の中へ流れ込んでくる多彩な色の洪水の中で、向かうべき方向を見つけるのはとても難しかった。目がまわり、足元がふらついてきた。どの方向に足を踏み出しているのかわからず、たえずなにかにぶつかっていた。机、椅子、小さな戸棚などの物はまるで気が狂ったみたいに、ぼくにあざをつけてやろうとでもいうように思いっきり突きあたってこようとしていた。

ぼくが再びメガネをかけると、すぐにすべてがしかるべき姿を取り戻し、ぼくにもわかる形に縮まった。色はすぐにぼやけたが、その代わり、全部の物が互いに隣り合わせになり、文章になった文字のように、きちんと整列した。黒板の前に立ちながら、メガネをはずしてみたらまたすぐにかけなければならなくなった時のことを思い出し、突然、人生におけるすべてのことは不公平で不条理なのだとわかった。ぼくのクラスでも、ある者はどういうわけか背が高く、ある者は背が低い。アントン・スカチコフのような者は体育で一等賞をとるし、ぼくみたいな者は最下位だ。メガネをかけなければならない者もいる一方で、その必要がないのもいる。そして、その結果、女の子にもてる者もいれば、ばかにされる者もいる。

「それはだねえ」夜にパパが説明してくれた。「人生は豊かで、千差万別だからだよ、誰にだって、自分の居場所がある。お前のようなおばかさんたちにもね。わかったかい？」

ところで、両親は今回のできごとにも、あの連絡帳に書かれた先生の注意にも、なんの関心をも示さなかった。ママは、「あんたはいつもドジなのよ」と、少しおかんむりだったかも知れないけれど、パパは、もういい、というように腕をふっただけだった。その年、イマヌエル・カントの学位論文を書いていて、つまらないことで気をそらしたくなかったんだ。

（佐藤芳子訳）

Яблоко

りんご

ナースチャ・コワレンコワ

私の両親は、その夫婦と親しくしていました。そのころ私は十五歳で、男の人が妻に寄せる愛というものに心ときめかせていました。まぁ、ありがちなことですけれど。

ふたりの別荘へ行くといつも、その美しい女性は松の木洩れ日の中に立っていました。まるで歩きだそうとしたのに、歩をすすめるのを忘れたかのように。片足をかすかに動かし、ふんわりした巻き毛の頭をかすかにかしげ、人さし指の先をかすかにかんで、じっと立っていました。彼女には「かすかに」という言葉がぴったりでした。草むらで野いちごを探すけれど、摘みとったのを入れるものを持っていたためしがありませんでした。没頭しているのか、ぼんやりしているのか、分かりませんでした。いつも没頭と放心の間で揺れ動いていたのかもしれません。彼女は小鹿のようでした。じっとしているけれど最初からいなかったかのようにいつでも姿を消すことができるような。

夫のピョートルは、地方から出てきて自分の努力だけで成功した画家でした。がっしりしていて、体つきはごつごつしていますけれど、水彩で描いたような優しい顔をしていました。ことさらに大きくがさつなくらいの声や冗談でロマンチストであることを注意深く隠していました。それはまるで、子どものころ、外で遊んでいたときに見つけたボロ布で傷つきやすい心をそっと包んで隠していたころのようでした。

画家としても彼は謎めいていました。白く下塗りした板に、絵の具で自分の空想的な世界を描いていました。そこに描かれていたのは、街中を歩きまわる野獣、夢見る人々、うっそうとした林や放置された道路標識……。それは、皮肉のきいた世慣れた物言いとは似ても似つかないものでした。

ある日、バドミントンの羽根が窓に飛び込んでしまったので彼らの古い別荘のいくつもある部屋を捜して歩いていたら、アトリエに行き当たりました。そこの机の上にはあの板が置かれていました。その板は、一部が描きこまれていて、その一角からすでに彼の世界が広がっていました。雨の中を人が歩いていたり、ネコが空を飛んでいたり……。でもその先は真っ白な手つかずの謎でした。地図上の未踏の地みたいに……。それとも彼はそこに何があるのか、もう知っていたけれど、まだ隠していたのでしょうか？　私は立ちどまって、世界の白い境界線を目が痛くなるまで見つめていました。

彼の妻マリーナへの気持ちも同じように優しく謎めいたものでした。ずっと求愛中のころのままのようでした。肩に上着を着せかけたり、座っているロッキングチェアを軽く揺らしたりして……ちょっと離れたところから優しい心づかいでいつも彼女を包んでいました。

そしていつも、彼女に触れるか触れないかの所で、茶化すような「うちのマリーナがさ……」で始まるフレーズを、少年のような開けっぴろげな調子で語るのでした。もちろん冗談で。でも、その滑稽な話し方の奥には胸がしめつけられるような彼の思い、マリーナへの気持ちがかいま見えました。彼女は白い頬をかすかに赤らめて、羞《は》じらいながら目を見開いたり、かすかに目をそらしたりして笑っていました。ふたりは、ほとんど会話をしませんでした。彼らの関係は、あの板に書かれた絵の一部のように途切れていました。あるところまでははっきりしているけれど、その先は？……　そこに情熱的ですてきなふたりの世界があったのでしょうか、それとも、マリーナはピョートルにとって、私が感じていたのと同じようにさっと姿を消す神秘的な小鹿のような存在だったのでしょうか？　そのときの私には分かりませんでした。

十五歳の私は、愛の奥深さを前にして、苦味のまじった感嘆と有頂天な気持ちでいっぱいでした。その気持ちは出口を求めていましたが、私がピョートルに何か言うことなんてできませんでした。でも、何かせずにはいられなかったのです！

私たちが彼らの家にお客に行くことになったとき、私は硬くて大きくて赤いりんごを手に取って、そのりんごに「ピョートル」とていねいに彫りました。そのずっしりしたりんごは、彼の絵からこの世界にぬけだしてきた唯一の登場人物のように私には見えました。

みんながテラスに座っているあいだに、私はアトリエに行き、机の上にりんごを置きました。板の横にある、へこんだり膨らんだりした絵具のチューブや絵筆、試し塗りした紙切れのあいだに。今回は板を見ないようにしましたが。私はそのとき、自分の秘密でもう胸に甘くヒリヒリしたものを感じはじめていました。

それから何年も経ちました。ピョートルとマリーナには男の子が、それから女の子が生まれました。でもふたりの関係はロマンチックなままでした。最近、私たちはまた彼らの別荘へ行きました。私はお茶の用意をするマリーナを手伝って、ティーカップをとりに台所へ行きました。父とピョートルはほろ酔い気分でテーブルに着いていて、私には気づいていないようでした。食器棚のそばでティーカップをお盆にのせていたとき、二人の話がとぎれとぎれに聞こえてきました。「なぁ、想像してみてくれ、セルゲイ」ピョートルは夢中になって話していました。「座って絵を描きながら、無意識にそいつを取ってかじろうとしたんだ。すると、それにだよ、そのりんごに……彫られていたんだ、僕の名前が！　その瞬間……僕は胸のつかえがとれたんだよ。僕は彼女に……きみはマリーナのことを知っているだろう……彼女はいつも無口で、心の中で何を考えているのかよく分からない！　そんな彼女がだよ、そのりんごを……セルゲイ、分かるかい。彼女は、僕のマリーナは、じっと座って、そのりんごに一生懸命僕の名前を彫ってくれたんだ。彼女はそのことについて一言も言わなかった。今日に至るまで！　そのりんごがなかったかのように！　どうだろう、これが女心ってものなんだ、だのにきみは……」

「それで、きみはどうしたんだ？」

「僕か？　いや、りんごのことは話さなかった。だってほら……。でも僕は……（彼は何かを思い出しているみたいに口をつぐみました。）それから僕は、彼女が何か物思いにふけっているときに、静かに彼女に後ろから近づいて行った……そして、しっかりと抱きしめたんだ。力をこめてしっかりと。それから、僕たちに息子のミーシカが生まれたんだ」

不意に、ピョートルは話を止めました。

ふたりは一度もりんごの話をしていなかったのです。

でも私は今、不思議なことに、ピョートルの机にそのりんごを置いたのはマリーナだったと心から信じています。名前も彼女がりんごに彫ったと。私にははっきり見えます――物静かな彼女が物思わしげに小首をかしげて、りんごを手にして、それを少しずつまわしているところが。それは私がしたことだと分かってはいますけれど。でも、ピョートルのこのりんごの話は、魔法の世界が現実より真実味をおびている彼の絵から生まれたものでした。「真っ白な《無》からにじみ出してきた話」は、本当の事よりも説得力があります。だから、私はそれを信じます。彼の話は真実なのです。

（木田美矢子訳）

Избранники реки

川に選ばれし者

ヴェチェスラフ・カザケーヴィチ

どうやら、ぼくは出会ったか出会わないかでもう溺れてしまったらしい。溺れたのだ、水に足すら入れないうちに。

川は、村をいただくいくつかの丘のふもとをくねって流れていたので、高いところからはっきり見えた。すみれ色の森を帯のように巻いた地平線からではなく、巨大な旋盤の下から流れてでもくるように、きらきらきらめいて激しく火花を散らしていたから、目につかなかったはずがない。

村にはたいして遊ぶものがなかった。納屋の屋根に隠しておいた錆びたシュパーギン型サブマシンガン。こいつは残念ながらドラム型弾倉が取れていたので、ぐるりをかじられたように見える代物だった。それから順番に板張りの細道を乗りまわした古くさい三輪車。中にレンガをふたつ詰めて公園の入り口に置き、晩に一杯機嫌のだれかが威勢よく蹴りあげて痛い目にあうのを楽しみにした靴の空箱。砂をつめ込んでひもを結び、目につくところに置いた財布*。

　もっとも、ぼくたちの頃にはそんな財布はなかった。でも、前にはあったんだろう。さもなきゃ、えらそうな通行人がまんまと引っかかった話なんか作りようがないもの。だけどきっと、するする這っていく財布をうまいことふんづかまえただれかが、中身は砂金じゃなくてただの砂だったと分かっても、その拾い物をありがたく頂戴したんだ。

　早い話が、村の中心部に川以上に魅力のある遊び道具はなかった。少なくともそれはいちばん青くていちばん大きく、なんの仕掛けもないのに進むおもちゃだった。

　初めて川に出たときのことは覚えていない。最初はたぶん、口をあんぐり開けて水車小屋の前に立っていたんだろう。水車小屋は太い丸太を組んだ丈の高い二階建てで、どの窓にもガラスがなく、橋の左手にそびえ立って川じゅうに聞こえるほど轟音を立てていた。轟音を立てていただけではなく、小刻みに体を震わせてもいた。震えは目には見えなかった。だが病人の額に当てるように水車小屋に手を当てれば十分で、診立てに狂いはなかった。間欠熱だ！　だから、はずれて飛んでしまわないようにガラスを嵌めていなかったんだ。

　不格好な木の橋はブロントサウルスの骨格みたいだった。そこでも足を止めずにはいられなかった。なにしろそれはぼくたちには生まれて初めての橋、大半が地上ではなく空中にあって、おまけに古くて苔がびっしりで、何に支えられているのかよく判らない、ひょっとすると飛びかう燕の羽だけが支えなのかもしれない奇妙な建造物だったから。

そして、乾いてひびの入った熱い欄干のそばで足を止めたら、決まっていっせいに川に唾を吐いた。妙なことだ。橋の上に立つと人はどうしていつも、たとえ一度にもせよ川に唾を吐きたくなるのだろう。橋という橋の下から吐いた唾が流れている気がする。

橋の下はもっとおもしろかった。ビロードのような苔におおわれたどっしりした杭が立ちならび、杭と杭のあいだに朽ちかかった板が歯の欠けた櫛のようにまばらに渡してあった。杭の下の澄んだ流れには水草が緑色のあごひげのように伸び、小魚の群れはお日さまめがけて跳ねあがっては、純銀製だぞと胸を張っていた。

ぬるぬるした狭い板の上で滑ったのかバランスを崩したのか、いきなりぼくは水の中にいた。その先はいわゆる闇に包まれてしまったというやつで、たぶんすぐに溺れたのだろう。だれの情け深い手がぼくを引っぱりあげてくれたのか覚えていない。友達でなかったことはたしかだ。こ

＊砂や紙きれでふくらませた財布に目立たないひもを結んで、目につくところに置いて茂みに隠れ、大人が財布を見つけて取ろうとしたら、ひもを引いて財布を後退させる子どものいたずら。一九三〇～四〇年代に流行《はや》った。

ういうのを誇張でなしに運命の手というんだろう。

四年生のとき、川はまた、すんでのことでぼくを連れていくところだった。春にとなりの席の子がおばあさんの家へぼくを招《よ》んでくれた。一度も見かけたことがなかったから、ペチカの上でわき腹を温めているのか、昔話よろしくオオカミに食われちまったのかと思っていたそのおばあさんは川のすぐそばに住んでいたのだ。

おばあさんの家ではふたつのものがぼくらの目を引いた。まずは、もちろん川だ。川には流氷が浮かんでいた。氷が厚かったので発破をしかけたとか。川はあふれて菜園を台なしにし、まばゆい氷塊を引きずって騒々しく流れていた。門の上では猫が、今のうちに門から暖炉の煙突へ移ろうかどうしようかと思案げにちらちら川を見ていた。

ふたつ目は門のところに転がっていた新しい柴折戸だ。なぜそれが、希望者は全員、地下の世界へご招待しますと言わんばかりに地べたに置いてあったのかは分からない。それを持ってきた人は製作と配達が専門で、取りつけは担当外だったのかもしれない。ともあれ、耳をつんざくような川のそばで暇をもてあましていた柴折戸は、水に浮かべてよとせがんでいた。

ぼくたちは勇んで杭をつかみ、棹《さお》代わりにして柴折戸を川へ突きいれると、さっとその上に乗った。待っていたとばかりに川はぼくたちを引っつかんですごい勢いでぐいぐい運んだので、ふたりともパニックに襲われ、鉄の掛け金つきのいかだは直立した。ぼくたちは押しつぶされたような悲鳴をあげて、肌を刺すほど冷たい急流に喉元まで浸かったが、さいわいすぐに川底に足が触れた。柴折戸がちょっと先の深い早瀬でひっくり返っていたら、ぼくらは外套を着たまま、鉄の塊よろしく川底めがけて一直線だったろう。

水の王国がぼくを狙っているとはっきり告げていたのはこれでもう三度目だった。三度目というのは、ぼくが橋のそばで溺れかける前にも村で一度あったからで、そのとき親戚連中とにぎやかに食事をしていた両親に庭に追いやられたぼくは、そこに魅力満点のドラム缶を見つけた。防火水槽がわりに庭に埋めて水をためたそのドラム缶におたまじゃくしが泳いでいたのだ。すばしこい生きものに見とれて、たぶんそのどれかを捕まえようとしたんだろう、ぼくはドラム缶の中へさかさまに落ちて空中で足をばたつかせていた。用足しでか一服やりにか、あのとき親戚のだれかが庭へ出てきて草でも抜くようにぼくをドラム缶から引っぱりだしてくれなかったら、いつまで足をばたつかせていられたことやら。

このときも救い主の名は知らない。両親も親戚も自慢好きのくせして一度もこの手柄を自慢しなかったからだ。またしても肩をすくめて運命だというしかない。

川には危険が、牙をむくような禍々《まがまが》しいものが潜んでいるということはいつも漠然と感じていた。うちの村では水辺にいるらしい魔物やルサールカの話は出たことがない。川がらみのぞっとする話はそれでなくても余るほどあった。

もちろん、まず溺死人。見たことはなかったが、時おり溺死人があがるという話はよく耳にした。「体じゅうふくれあがって、胸の上にザリガニがいたんだ」目撃者は、『溺死人』というプーシキンの名高い詩を散文で伝えているとは夢にも思わず、こと細かに活写するのだった。

どうしてだか、とりわけ怖くてぞっとしたのは、川魚はまず溺死人のまつ毛をきれいにかじってしまうという事情通の話だ。

日ざかりに短い釣り竿を手にして、よく釣れるという水車小屋や牛乳工場の排水管のそばにいる真っ黒に焼けた子どもたちは、釣り人の数に入らなかった。

「猫のえさ釣りさ」と馬鹿にされたものだ。

本物の釣り師は村にはふたりしかいなかった。電気管理局職員で禿げ頭にいつも同じ麦わら帽をかぶった太った小男と、のっぽで陰気なガヴルーシキンだ。だが赤茶けた帽子が川へ急ぐのは勤めのあとだけだった。ガヴルーシキンの方は昼も夜も川で過ごしていた。鱗におおわれた何キロもある怪魚を釣りあげるのはまさしくこの男で、極めつけは、流行先取りのピアスよろしく、唇に釣り針を三本もつき立てた巨大なカマスだった。腹にあったのは指輪ではなく錫の匙《さじ》一本きりだったが、その匙はたいそうな年代物だったので郷土史博物館が買いあげた。

それが不意に、このひょろりとした人嫌いの釣り師が川でもいちばん人気《ひとけ》のない一角でしばらく直立していたかと思うと、忽然と消えたのである。二日後には溺死したという話がぱっと広まった。そんな馬鹿な！　川を知りつくし、川に棲んでいたといってもいい人がとつぜん溺死したとは。しかも彼が泳ぐ姿はだれも見ていない。あんなにのっぽだったから、溺れる場所探しも要ったことだろうに。

てんかん持ちのガヴルーシキンは崖のふちで釣り糸を垂れていて発作に襲われたのだ。この話は長いことぼくの頭を離れなかった。身震いしながら思いえがいたのは、静寂と流れと安らぎのなかから信じきった魚をつかまえてきた人が不意に、あっぷあっぷしながら眼玉をひんむき、身を滅ぼす異界にいて、今度は好奇心一杯の小さな魚がその人の白っぽいまつ毛をのぞき込んでいるさまだった。

川は犯罪めいたもの、破廉恥なものとも結びついていた。青年が何人かで――そのなかに郵便局長の息子もいたことに人々はなぜかとりわけ驚いたのだが――市場辺りのオツムの弱い気の毒な娘を輪姦したのは川でのことじゃなかったか。「酔いつぶしたんだ……。それから順番に……」ひそひそ話を耳は貪るようにとらえた。「そのあと、あそこに瓶をつっ込んだんだとよ!」「どうせ小瓶だろ」だれかがぺっぺっと唾を吐くと、「いや」と別の事情通が答えた。「やつら、半リットル瓶を持ってたんだ」

するると目の前で夜がぐっと濃くなり、なじみの岸辺が徐々にくっきり浮かびあがってきて、ほの白い体の上にかがみ込むいくつもの黒い人影が見え、瓶のガラスは月の加減でときどき冷たいかすかな光を放った。

だが夏が来ると、川に潜むおぞましいもの謎めいたものはすっかり忘れてしまい、川の呼びかけに、家と家のあいだにまで届くその青い声に抗うことなどとてもできなくなる。毎年の溺死人のことをぼくよりよく知っていた両親が、ぼくが川に行くのかどうか、泳げるのかどうか、心配することはまったくなかった。

「酔っ払うと溺れるんだ」と言いきっていた父は、ぼくがアルコールを飲む年齢《とし》にはほど遠かったからだろう、ぼくのことはまったく心配しなかった。

「どこへ行くの？」母はたまに思いだしたように訊ねた。

「外に行ってくる」と言いすててこっちは家を飛びだすのだが、外とはこの世でいちばんとらえどころのないもので、村じゅうどころか銀河までそっくり入ることははっきりさせなかった。

じきにぼくは川へ行くことを隠さなくなった。海水パンツが欲しかったけど、うちには海水パンツを買う金などあったためしがない。金ができた頃には夏は終わりに近く、通学用の靴のないことがはっきりする。というわけで初めはパンツすらはかずに泳ぎ、そのうちパンツははいたが、泳いだあと近くの窪地にしゃがんでそれを絞ってもう一度はくようになり、海水パンツを手に入れたのはそろそろ中学の卒業証書をもらう頃だった。

海水パンツのないことだけが辛かったのではない。やっとのことでまずは犬かき、次に抜き手で泳げるようになったのに、川で平泳ぎだのバタフライだのと名のついた泳ぎ方で泳ぐやつらに出会うと抜き手なんか無意味になった。

ガキどもがたむろする勾配のゆるい小さな砂浜から、ぼくたちは上流の方に移った。そこははるかに深くて高さ二メートルの崖から飛びこみもできたが、厄介なことにぼくは潜れなかった。

飛びこみに失敗すると腹をしたたかに打って一生引きずりかねないという話をさんざっぱら聞いて、稽古する気にもならなかったのだ。

腹をしたたかに打つ、しかも一生引きずりかねないとはどんな意味なのか、よく分かっていたわけではないが、いいことは何もなさそうだった。なにしろ、見事な飛びこみをして死体であがった人がいるという、もっと恐ろしい話があったのだ。

「どうして？」

「大きな根株が流されてきてたんだ」語り手は満座の注目を楽しみながら淡々と説明し、死人の肖像に仕上げの一筆を加えたものだ。「その根株に脳天からつっ込んでだな、頭骸骨を割っちまったのさ」

こんな話を聞いたあとで頭から川に飛びこめるわけがない。ぼくはつっ立ったまま足からドボンと飛びおりた。でなければ（足が流木か何かにつっ込むことだってあるんだから）、植生と崖の成り立ちを調べたいふりをして、根っこや草につかまりながらクライマーみたいに崖伝いに下りるかした。

村にひとつきりの百貨店に水中メガネがお目見えした。ぼくはガラスのショーケースにおおいかぶさるようにして、肉厚のゴムのフレームにはまった楕円形の頑丈な小窓を、縫い目と謎めいた数字のついた幅広のストラップを、穴のあくほど見つめたものだ。心のなかには詩まで聞こえて、なぜか未だに記憶に残っている。

この世はたのし
苦労はないし
水中メガネは水色で
光当たれば青っぽく
机の上にのっている！

当時のぼくはこの下手な詩に有頂天になって、一週間もこれを口ずさんでご機嫌だった。水中メガネは七ルーブリした。シュノーケルが付いていたかどうかは覚えていない。なかった気がする。品物を仕入れていた消費組合連合は、ぼくたちには水中メガネだけで充分だということにしたんだろう。だがうちの親はその水中メガネにすら、びた一文出してくれないことがよく分かっていた。靴代を貯めなくてはならなかったのだ。それでも水底《みなそこ》の世界の幻想、緑色がかった薄闇から滑りでてくる沈没したガレー船は長いことぼくをとらえて離さなかった。どうやら川がそのくねくねした河床にぼくを寝かせたがっただけでなく、ぼくの方も川底めがけてつき進んでいたようだ。

炎暑の真昼どきの陽炎《かげろう》、洗濯の木槌を打つ音。草は葉ずれとさやぎに満ち、向こう岸の製材所では丸のこぎりがブーン、ブーンと音高い。「マ、ル、ノ、コ、ギーリ、ギーリ」と楽しげにくり返すコオロギやカブトムシや他の虫たち。川ときたら、まったくきらきら輝いて、根株だろうが、瓶だろうが、空き缶だろうが、何を投げこんでもすべてダイヤモンドに変えてしまいそうだった。

川はいつもあからさまに、逃亡できるぞ、と匂わせていた。流れに乗ってゆっくり姿を消すところをぼくは何度も夢想した。でもやっとそのチャンスに恵まれたのは小学校最後の夏のことだ。友だちのケーニャがどこかでぺしゃんこのゴムボートを手に入れてきた。側面は散弾を撃ちこまれたかと思うほど穴だらけだったので、修繕して、暗くなったら地区の中心部から漕ぎだすことにした。夜を待つと決めたのは暇な見物人の目や質問責めを避けるためだ。友だちは納屋でニカワを見つけてきたが、鼻がもげそうな匂いがしたので外で温めなくてはならなかった。

「なんだってくっつくぞ」ケーニャは鼻をつまみながら請けあった。

宵闇とともに川は色濃くなりガラスのようになって、川面に瘤のような奇妙なふくらみが現れた。川は流れを速め、そこまで行けばやっと止まれる場所へ、睡蓮《すいれん》の茂った砂洲を枕に朝まで眠れる所へと急いでいるようだった。

ボートに物資を積みこむと、ふたりいっしょには乗れないことが分かった。それで宿営地に着くまで交替で乗ることにした。まず、ぼくからだった。乗りこんだ重みでいやな感じにへこんだ船底にどうにか座ると、ケーニャが岸からひと突きし、ぼくはまったく知らない川にいるのを感じた。

おとなしい飼い猫が夜になると目をギラつかせた猛獣に変わるように、川面にべったり星を塗りつけた小川も闇のなかでしなやかな獣の肢体を、なにやら禍々《まがまが》しく秘密めいたものを身にまとった。ぼくは待ちわびた旅のはじまりを満喫するどころか、転覆しないことだけを願って櫂をおずおずと水に差しいれた。黒光りする川はドニエプル河の支流ではなく冥府の忘却《レーテー》の川の支流を思わせた。

まもなく村は後ろへ去り、両岸も遠ざかった。暗い空を背景にして見えるか見えないかのケーニャはぼくを追ってなんとか陸を走っていたが、その姿はますます見分けづらくなった。聞こえるのは異界からかと思うほど遠いケーニャの叫び声だけで、喪に服したような黒の輝きと沈黙に包まれてぼくは大声を上げかね、ケーニャの声にほとんど応えなかった。すると突然（この一言なしに悪いことは起きないものだ）、シューという低い吐息のような音がして、今にも壊れそうだった小舟が一気に沈みだした。根株に引っかかったか、とちらっと思った。しかしもちろん問題は特効ニカワで、レールと雲の接着もできたかもしれないが、ゴムはうまくいかなかったのだ。

飛びすさった無数の星のなかへ、底なしの宇宙へ転がりおちたぼくは、ボートにあった食い物と食えない物だけでなく、自分が抜き手で泳げることまで一切合切忘れてしまい、あえぎあえぎ、恐怖で口から飛びだしそうな心臓を抱えて、本能だけが知っているがむしゃら流で岸目がけて水をかいた。ぐったりして、半死半生で、助かったことが信じられない思いで、ぼくはいやな匂いのするごわごわしたスゲの中へ這いあがった。

これでもう四度溺れかけたのだからそれからは川を避けるようになったかというと、いやいやそうはならなかった。ぼくにガールフレンドができ、ちょっと成長した弟が遊び仲間になると、夏休みに彼らをどこへ遊びに連れていったか。もちろん川だ。その先に最大の恐怖が待っていることなど知るはずもなかった。

まばゆいほどのある朝、ぼくは当時まだ付きあっていた長い髪のアリョーナと、弟はクラスメイトの女の子と、人目につかない場所を探して遠くの野原へ行き、川までたどりつくと、あちこち眺めては難くせをつけながら川に沿って歩いていった。川は秀でた額にしわを寄せて走っていた。

一服するのにおあつらえ向きの、申し分なしと言ってもいい場所が対岸に見つかった。脂《やに》だらけで勢いのない松が白い砂の前かけをしたような緑の小山を囲んでいる。川を渡る必要はあったが、流れは速そうでまばゆい渦もあったものの、川幅は十メートルもなかった。

もう泳ぎにはばっちり自信があった。文字通り、前の晩には溺れかけた子を助けさえしたのだ。実は泳ぐまでもなかったんだが。お子さま用の砂浜から「コーリカが溺れた！」という叫び声が聞こえたので水に跳びこみ大股で数歩行くと、うつ伏せになって流れていくやせた体に追いついたというわけだ。六つくらいの男の子だった。血の気の失せたその子の唇には灰色の砂粒が吹き出物のようにくっついていた。今回はこのぼくが運命の役目を果たしたのだ。

「私、泳げないいんだけど」アリョーナはそう言って、ほどいた髪をさっとひと振りした。

「曳舟で渡してやるよ」と、ぼくは威勢よく答えた。

ぼくたちは、弟のクラスメイトのはにかみやさんと三人で泳いで松林へ渡り、その子とリュックを残して、アリョーナを渡すために引きかえした。そして両側から彼女の肘を支えて水に入り、それぞれ空いた方の手で水をかいてゆっくり泳ぎだした。

その後何が起きたのか、うまく説明できない。アリョーナの方からぼくたちの手をすり抜けたのか、弟が彼女の肘を放したのか、ともかく一瞬後には彼女はぼくの背に乗って力任せにぼくの首を絞めつけていた。たちまちぼくはあっぷあっぷして水の中。アリョーナは溺れまいとしてぐいぐいぼくを押しこみ、こともあろうにぼくの肩に乗って立った。ぼくはぞっとした。どうあがいても川底には届かないのに！

必死で水面を目ざしたが、空気をひと口吸うこともできなかった。アリョーナは水中でもがいている弟にすがるのをやめ、ふたたび振りほどけないほど強くぼくにしがみついた。ああ溺れる、ぼくははっきり悟った。それまでの人生が走馬灯のように駆けめぐるかわりに、カラフルで楽しそうな点々が目の前を飛びはねだした。

自力ではとても切り抜けられなかったろう。強い流れがぼくをアリョーナから一メートル半ばかり上流へ運んでくれただけの話だ。別人のような顔にうつろな目で彼女がこっちへ伸ばした両手を機械的にふり払い、ああ溺れる、と感じながら最後の力をふり絞って岸にたどりついた。

どうにか小山に上がると、弟が、体を硬くしたクラスメイトのとなりで背を丸め、失神寸前の真っ青な顔で座っていた。ぼくは深呼吸を何度かしてから、「助けなきゃ……」とつぶやいてまた川へ飛びこんだ。アリョーナは死んだようになって、川にかぶさって伸びている灌木の向こうを流れのままに遠ざかっていく。ぼくは彼女の長い髪をつかみ、やっとのことで砂の上に引きあげた。

一時間もしないうちに、ぼくと彼女は茂ったシダの上に横たわっていた。彼女の下ではアリが困って右往左往していただろうし、むきだしの背中には茶色い松葉や花びらや野イチゴの染みがついていた。閉じたぼくのまぶたの裏を、きらめく川がすすり泣きながら渦を巻いてぐんぐん流れていた。

曲がり角の向こう、ぼくら三人が馬鹿みたいに死んでしまいかねなかった場所のすぐそばで川幅は広くなり、流れはゆるやかになって浅瀬が光っていた。浅瀬はぼくらの膝までしかなかった。この浅瀬でぼくらの遺体があやうく発見されるところだったのだ。

帰り道、塀の向こうからとんがり鼻の小僧がぼくらめがけて水鉄砲を撃ってきた。そばの水たまりで入れたらしい泥水がピュッとぼくに当たった。口汚くののしるぼくをさえぎって弟は言った。

「だれか分かった？」

「え？」

「あの溺れかけた子だよ！」

それから一週間して、ついこのあいだ川から救いだしてやった子がまた溺れたと知って驚いた。今度は一巻の終わりだった。

おそらくあのときから、ぼくはそれまでよりひんぱんに誇らしげに、新しくできた友人や知人に物語るようになったのだ、故郷にはどんなにすごい川があるかということ、その川が一瞬にして村の子どもたちからこのぼくを選びだし、あるときは純銀の魚で、あるときはとどろくばかりの流氷で、あるときは遠出の旅で誘惑したり、藻のついた滑りやすい板を足の下に差しいれたり、難破させようとしたり、あげくのはては長い髪のルサールカを送りこんだりして何度もぼくを手に入れようとし、そのルサールカはすんでのことでぼくをほんとうに川底へ連れていくところだったことを。そのくせいつも何かが川を引きとめ、何かのために川はぼくを守ってくれたのだった。

だが永久に村を離れて時が経てば経つほど、ますますはっきりと、やり場のない思いでぼくには解ってきた、これまでずっと熱くなって自分と人を惑わしてきたのだということが。

川は自分が選んだ者を放しはしない。

（尾家順子訳）

あとがきにかえて　ロシア的なもの、日本的なもの

日本文学研究家　リュドミーラ・エルマコーワ

ロシア文学が日本で知られるようになったのは、少なくとも明治時代のこと。その頃にツルゲーネフやチェーホフ、ゴーゴリ、トルストイらの作品が初めて翻訳された。チェーホフといえば、あるとき日本のロシア文学者の一人からこんな言葉を耳にしたことがある。曰く、ロシアの読者の感性では日本人ほど深く完全にはチェーホフを理解しえない。「チェーホフは日本の作家なのです」。

日本の文化とチェーホフの結びつきはかくも強いものだったので、チェーホフは最先端のテクノロジーをたずさえて二十一世紀の日本に現われた。最新の演出による『三人姉妹』の舞台にはロボットたちが登場し、末の妹はもはや人間ではなく、アンドロイドである……。

だが、この短編集を編むにあたり私たちは、十九世紀、二十世紀の古典文学だけでなく、最新の現代ロシア文学も今日の日本の読者にとって大きな存在であってほしいと考えた。文頭で私が

明治時代に触れたのは偶然ではない。わずか二十五年ほど前、つまり二十世紀の終わりに、ロシア文学は日本文学が十九世紀に体験したのと同じような状況にあったのだ。ペレストロイカが始まり検閲がなくなると共に、「鉄のカーテン」が崩れ、ロシアは「開国」した。ロシアには、様々な時代の外国文学がどっと流れ込んだ。それまでの長いあいだ外国文学は禁止されていた。完全な禁止でないにせよ、苛烈を極める検閲の末、わずかな作品が不完全な形で出版されただけだった。ちなみに、このような監視の目は日本の作家たちにも注がれていた（どんどん増えていく発禁書リストに載せられた原書は、図書館の書架に並んではいたものの、所謂「特別保管書籍」として読者の目に触れることはなかった）。

ロシア文学は数十年のあいだ世界の文学の潮流から取り残され、様々な思想的、様式的束縛を受けていたが、二十世紀の最後の十年間に突如として急速に拡がりをみせ始め、それまでになかった文学的、哲学的、文学理論的な資料が西洋や東洋から大量になだれ込んだ。ちょうど明治時代の日本がそうであったように。

だが、ロシアにおけるこのプロセスには独自の特徴があった。それは、長い間検閲で禁じられていたロシアやソ連の最新の作家たちの多くの作品を、読者がようやく手にできるようになったことだ（ソルジェニーツィンの『収容所列島』だけではない。ザミャーチン、ワギーノフらの作品もそうであったし、あのドストエフスキイも一九三〇－五〇年代には事実上禁止されていた。ノーベル文学賞作家パステルナークの『ドクトル・ジバゴ』がロシアでやっと刊行されたのは、作品が書かれて賞をうけてから三十年が経った一九八八年のことである。ペレストロイカのおかげだ)。

もうひとつ、明治時代にはなかった重要な要素がある。一九八〇年代の末から新生ロシアでは、書店だけでなくキオスクや露店にまで本があふれ出したが、その中で目をひいたのが亡命ロシア人作家たちの多様で豊かな作品だった。ナボコフ、ホダセーヴィチ、レーミゾフなど数多くの亡命作家たちのことは、ソ連時代には口にすることさえ許されなかった。その他に、アンダーグラウンド文学や、「抽き出しの文学」と呼ばれていたものも公表された。これは、印刷される可能性がなく、たとえ書いても机の抽き出しの中で日の目を見ることはないだろうと作者が諦めながらも書き残そうとした作品群である。作品発表の道に立ちはだかったのは、思想的見解による統制だけではない。所謂「社会主義リアリズム」から逸脱していると思われる表現方法も法規制の対象となった。

時代は変わり、もう三十年ものあいだ私たちの眼の前では新しい多次元のロシア文学が創り出されている。優れた作家たちが生まれ、様々な文学の傾向や潮流が現われた。評論家たちはそれらを「ネオリアリズム」「ポストリアリズム」「ネオナチュラリズム」「ネオセンチメンタリズム」「ポストモダン」はたまた「ポスト・ポストモダン」などと分類している。

だが、私はこの短編集に収められた作品がどのカテゴリーに属するかを定めようとは思わない。読者の皆さんはここに収められた十四人の作者の短編を読んで、テーマや文体、ジャンルの多様性を感じてくださることだろう。ここには、長年文学界で活躍し、幅広い読者に支持されている円熟した大家の作品もあれば、まだ若い作家の注目すべき作品もある。著者のなかには本業を他に持つ人もいる。医師、詩人、画家、シンガーソングライター、ロシア文学の教授、海洋哺乳類保護センターの所長、ジャーナリストなど、その職業は様々だ。今回の作品を選ぶ基準となったのは、文学性は言うまでもないが、「短いこと」である。できるだけ多くの、傾向の異なる短編を通して、ロシア現代文学の状況を、新しい文学的・哲学的思想が育っている豊かな土壌を、紹介したいと願ったからである。

もし、これら多様な作品に共通する要素を探すとすれば、それは平凡な日常からの急激な変貌、現実と虚構というふたつの異なる世界の間でのバランス、ではないだろうか。本書の作家の多くが「虚実皮膜」の微妙な境の上に登場人物たちを置いている。この虚実の境こそが、ロシアで広く読まれている近松門左衛門や松尾芭蕉が、そこでのみ真の芸術は生れると説いている所なのである。

この短編集では様々な手法や筋立てが見受けられる。著名な作家で政治評論家でもあるヴィクトル・シェンデローヴィチの皮肉のきいた「永久運動」を見てみよう。おかしくも哀しいこの短編では、運搬用エレベーターが壊れた高層ビルの階段で、ふたりの運送屋がピアノを運んでいる。教養がなく、視野も狭く、かなり粗野なこのふたりが人類の誇る音楽文化の中で知っているのは「ネコふんじゃった」だけ。ふたりは雇い主のピアニストをからかう。ピアニストは、仕事を放り出されては困るので、休憩時間にそのピアノで様々な名曲を弾いたり、音楽にまつわるエピソードを話したりする。ピアノの運搬はいろんな理由で長引いてだんだん現実の時間を超えていく。そしてこの新しい、どこまでも続くファンタジックな時間のなかで、ふたりの運送屋はだんだんと変容し始める。彼らの会話は音楽学者の対話の様相を帯びてくる。そしてなんと、ふたりは丁寧に、だがきっぱりと雇い主のピアニストに向かって宣言する。「いたるところ調和が溢れているというのに」変容をとげ洗練されたふたりが重いものを運ぶのはもはや屈辱的なのだ。賃金もいらない。「永遠なるものはお金では買えません」と。

別のタイプのファンタジックな変容と、痛ましく悲劇的な皮肉が表現されているのはローラ・ベロイワンの「動物の世界」だ。七十五歳のヒロインの夫は重い卒中で死にかけている。その日、彼女はふたりの結婚生活のすべてを思い起こし、夫が彼女を一度も愛していなかったこと、いつも不実だったことをまたしても思い知る。ふたりの共存をつなぎとめていたのは姑の賢明な忠告だった。姑は、男なんて何も期待できない自然の産物だから、飼い犬と同じように対応するべきで、世話をしても見返りを求めることはできない、と度々嫁を説得したのだ。知り合いの女性がヒロインに、もしかしたらご主人は今日にでも良くなるのでは、持ち直すのでは、と問いかけたのに対し、ヒロインは「悲しげに、でもきっぱりと」答える。もう獣医を呼んだから夜には安楽死させてくれる、と。夫が元気なあいだ、彼女は姑の教訓を身につけようと努力し続け、そしてついにそれを習得したのだ。度を超えてはいたが。ヒロインの夫への対応は、病気になったペットに対するものと同一になってしまっていたのだ……。

デニス・ドラグンスキイは現代の人気作家の一人だが、彼の登場人物たちもしばしば変化や変身に見まわれる。ドラグンスキイには独特の優れた語り口があり、そのおかげで短編の登場人物たちの性格や人生模様には長編小説の重厚さが感じられる。彼の短編はスケールが大きくダイナミックだ。まるで創作エネルギーがぎゅっと凝縮されているようで、言葉の一つひとつがポエムのそれのように深い意味を持っている。彼の作品はときに逆説的であり、ストーリーに隠されたバネが最後にいきなり弾《はじ》けて予想もしなかった結末となったりする。

ここですべての作品を数え上げることはできないが、読者が出会う物語の中には、伝説のロックスター、ボリス・グレベンシコフが書いた十七世紀の海賊船での自主上演演劇というファンタジックな物語もある。ナースチャ・コワレンコワの短編は「真っ白な《無》からにじみ出してきた世界」を描く画家の話で、そこでは現実より虚構の中に真実がある。そして、主人公の財布が消えるという滑稽な出来事から始まる、セルゲイ・デニセンコのドラマティックな世界消滅の物語……。

もしかしたら、読者は作品群の中に日本的なものも見出されるかも知れない。かつてのチェーホフのような……。

本書の短編が織りなすモザイク模様から現代ロシア文学の姿が——過去の軛《くびき》と新しい自由、長年の文学的伝統と新時代の大胆な試みがまざりあった現代のロシア文学の輪郭が——いささかなりとも見えてくることを私たちは切に願っている。

最後に、翻訳を担当した研究グループのことにも少し触れておきたいと思う。二十五年以上続いているというこのグループ「クーチカ」は、その名称を十九世紀ロシアの作曲家集団「マグーチャヤ・クーチカ（「強力な仲間」の意味。日本では「ロシア五人組」として知られている）」に因んで命名した。我が翻訳者たちは、ユーモアをこめて自らを「ニェマグーチャヤ・クーチカ（非力な仲間たち）」と呼んでいるのだ。

この研究会は極めてユニークだ。月に一度の例会で一人のメンバーが自分の好みで選んだ作品の翻訳を発表し、それを全員が細部にいたるまで検討する——原作の時代背景や文体を正しく捉えているか、原文のニュアンスを伝える適切な訳語を選んでいるか。忌憚のない意見や代案が飛び交うが、訳者はその中から自分の納得のいくものを選んで推敲を重ねていく。こうして出来上がった翻訳は、訳者の個性を残しながら、「クーチカ」に磨かれたものになるのだ。

私が愛してやまないロシア文学について翻訳者たちに解説し、同時に日本語の微妙なニュアンスの違いを学ぶこともできる「クーチカ」研究会での時間は、近来私の楽しみのひとつとなっている。そして今、このグループとともに取り組んだ短編集を世に送り出せることは、望外の幸せである。

（片山ふえ訳）

著者について（掲載順）

マーシャ・トラウブ Маша Трауб

一九七六年、モスクワ生まれ。作家、ジャーナリスト。モスクワ国際関係大学で国際関係論・ジャーナリズム専攻。ソ連の詩人ユーリイ・レヴィタンスキイに師事。雑誌社で記者として働いた後、二〇〇六年に小説『さぁ、行くわよ！』で作家デビュー。以来、三十冊以上の散文小説と児童書二冊を出版。ベストセラーとなった『ある一年生の母の日記』が映画化、児童文学『食べられるお話』が子ども向けオペラとして舞台化されている。現在、週刊誌『アガニョーク』でコラムを連載中。現代ロシアの都会に暮らす人々の日常を暖かい言葉で描きだす。私生活ではジャーナリストで作家のアンドレイ・コレスニコフと結婚、二児の母であり、多くの作品が母性や子どもの教育をテーマとしている。

ヴィクトル・シェンデローヴィチ Виктор Анатольевич Шендерович

一九五八年、モスクワ生まれ。作家、脚本家、ジャーナリスト、テレビ・ラジオの司会者、人権擁護活動家、教師。十五歳の時にオレグ・タバコフ劇団の養成所に入り、演出家部門で学びつつ舞台に出つ。一九八〇年にモスクワ文化大学を卒業したのち二年間兵役につく。一九九一年には最初の短編集を出版。一九九二年に作家同盟会員になり、その後積極的に社会評論活動を展開。一九九五年から二〇〇一年にかけてNTVで放映された人気の政治風刺人形劇『人形たち』のシナリオを担当し、のちにそれをまとめて出版、その他これまでの出版点数は二十を超える。テレビ界での功績やユーモアと風刺文学への貢献が認められ、黄金のオスタプ賞などを受賞。二〇〇八年のロシア大統領選挙が公正で開かれたものとすることを目指して結成された団体「二〇〇八年委員会」に二〇〇四年に入会、二〇〇五年に下院選挙の小選挙区で立候補し、投票数の一九パーセントを得票するが落選。プーチン政権を批判する言論活動を展開している。

マクシム・オーシポフ Максим Александрович Осипов
一九六三年、モスクワ生まれ。医師、作家。モスクワ第二医科大学卒業。サンフランシスコの大学やモスクワの複数の病院で働き、医学書を執筆、出版。一九九四年には主に医学書を取り扱う出版社を設立する。二〇〇五年、カルーガ州のタルーサという地方都市の病院を支援する慈善団体を設立、その精力的な活動で広く知られるようになる。
二〇〇七年よりルポルタージュ、物語、中編小説を、主に文芸誌『ズナーミャ』に掲載。ロシア国内では短編・戯曲を集めた『家禽の鳴き声』(二〇一一)を始め、六つの作品集が出版されており、作品はヨーロッパ各国語や中国語、ヒンディー語にも翻訳されている。ユーリイ・カザコフ文学賞(二〇一〇)を始め、多数の文学賞を受賞。本書所収の「優しい人々」は『ズナーミャ』(二〇一六年十号)に掲載されたもので、英訳された作品集『じゃんけん』(ニューヨークレビューブックス、二〇一九)にも収められている。

デニス・ドラグンスキイ Денис Викторович Драгунский

一九五〇年、モスクワ生まれ。作家、文芸評論家、ジャーナリスト。一九七三年、モスクワ大学文学部卒業。ロシア外務省付属外交アカデミーでギリシア語を教えるかたわら、映画の脚本を手がける。その後、ジャーナリスト、政治評論家としても活躍し、ポストファクタム通信社、雑誌『二十世紀と世界』『イトーギ』『ノーヴォエ・ヴレーミャ』などに数多くの記事を執筆。二〇〇七年、政治に関わる活動に終止符を打ち、戯曲や小説を書きはじめる。戯曲はロシア国内のみならず、外国でも上演され、人気を博す。作品には、数世代のファミリー・ヒストリーをミステリーとファンタスチカを織り交ぜて描いた長編小説や、複雑で長編的スケール感をもつ短編小説などがある。

二〇〇八年、文芸誌『ズナーミャ』に二十の小品が掲載され、二〇〇九年に最初の短編集が出版されると一躍、新進気鋭の短編小説作家として脚光を浴びた。現在、短編集に加え、長編小説、文学エッセイ集など二十冊の本が出版されている。本書の「ドストエフスキイのショコラ」は、短編集『石の心臓』(二〇一六)に、「願望その五」は、『中庭に面した窓』(二〇一四)に所収されたもの。ちなみに、父は有名な児童文学作家、ヴィクトル・ドラグンスキイで、主な作品に『デニス少年物語』(邦題『あのこだいすき』一九七二年、偕成社)がある。

セルゲイ・デニセンコ Сергей Викторович Денисенко

一九六四年、レニングラード(現サンクトペテルブルク)生まれ。ロシア文学者、作家、画家。レニングラード大学文学部卒業。ゴンチャロフの研究者として科学アカデミー付属ロシア文学研究所で勤務するかたわら、短編や戯曲を発表。一人の男の死をめぐる母・妻・愛人の食い違う証言を描いた戯曲『六重奏』はペテルブルクで上演された。また画家としても活躍し、友人の作家たちの本の挿絵を数々手がけ、展覧会にも出品している。二〇一一年以降は、書家森本龍石氏の知己を得て日本文化に傾倒。自身の絵と俳句、森本氏の書で構成された『一中有千~大阪京都三十六景』(二〇一三)はペテルブルクの文化人の間で大きな話題となった。その他、日本をテーマにした様々な絵は大阪での五回の展覧会でも好評を博した。本書のカバーと本文の挿絵はすべて描き下ろし作品である。

エヴゲーニイ・グリシコヴェーツ Евгений Валерьевич Гришковец

一九六七年、西シベリアのケメロヴォ州生まれ。脚本家、演出家、作家、俳優。ケメロヴォ大学卒業。在学中に召集された部隊で演劇と出会い、復学したのち、パントマイム劇団を立ち上げる。一九九〇年に故郷のケメロヴォで劇団を創設し、七年間活動。一九九八年にカリニングラードに移り、一人芝居『どのように私は犬を食べてしまったか』を発表し、ロシア演劇人協会より舞台芸術への貢献を称える黄金の仮面賞を授与される。活動の場はロシア国内にとどまらず、ヨーロッパ各地でも客演し、数多くの賞を受けている。また、演劇活動の合間に書き続けた短編を二〇〇四年から二〇〇八年にかけて出版し、チェーホフやシュクシーンの息吹を感じさせると評価されている。本書所収の「安らぎ」は文芸誌『ズナーミヤ』(二〇〇五年一号)に掲載された。

ヴラジーミル・ソフィエンコ Владимир Геннадьевич Софиенко

一九六八年、カザフ共和国テミルタウ生まれ。小説家。子どもの頃から読書に夢中になり物語を書きはじめ、同時に水泳の選手としても活躍、十歳から二十二歳まで競泳選手としてソ連邦内の共和国を転戦。ソ連邦スポーツマスターの資格を得るが、一九九〇年以降、社会の変革期に方向転換をはかり様々なビジネスに挑戦。二〇〇〇年にはカレリア共和国ペトロザヴォーツクに移り、カレリア教育大学で心理学を修める。

一九九九年に書いたファンタスチカ『二〇〇〇年を待ちながら』が二〇〇八年に出版され作家デビュー。中短編小説を集めた『川を見守る者』(二〇一五)はカレリア州の「今年の一冊」に選ばれた。二〇一三年より毎年ペトロザヴォーツクで開かれている国際文学フェスティバルで中心的役割を果たしている。本書所収の「復讐」は『川を見守る者』の中の一編。

ローラ・ベロイワン Лора Белоиван

一九六七年、ペトロパヴロフスク市(現カザフスタン)生まれ。本名ラリーサ・ゲンナージエヴナ・ベロイワン。作家、画家。高校を卒業後ナホトカの職業訓練学校で国際船舶客室乗務員の資格を得る。その後地元の汽船会社で働きながら、通信教育でウラジオストクの極東大学(現極東連邦大学)のジャーナリズム論を専攻する。在学中からタス通信やRIAノーボスチの沿海州特派員として記事を書いていた。二〇〇六年には最初の短編集『小さなクソったれ』を、二〇一一年にはドヴラートフ文学賞にノミネートされた『スーツケース物語』を発表した他、短編を多数発表している。絵画にも熱中し、独特の画風を持つ絵は国内外のコレクターから高く評価されている。

海洋の環境保護活動にも力を入れており、ウラジオストクで海洋哺乳類のリハビリテーションセンターを設立。設立の前にはアメリカやオランダなどのセンターで研修を受けた。二〇〇七年よりセンター長に就任し、傷ついたり、遺棄されたりした海洋哺乳類を保護し、手当てや養育の後、野生に返す活動を行っている。

ボリス・グレベンシコフ Борис Борисович Гребенщиков

一九五三年、レニングラード生まれ。詩人、音楽家、ロックバンド「アクアリウム」のヴォーカル、ギタリスト、作曲家。レニングラードの理数系の高校を卒業後、一九七二年にロックバンド「アクアリウム」を結成。一九七七年レニングラード大学を卒業後、社会学研究所で働きながら音楽活動を続ける。ロシアの心を当時の若者のあこがれであったロックに乗せて歌い、カルト的人気を得るようになる。ソ連当局から認められることはなく、大衆の前で歌うことはできなかったが、地下出版で曲を発表し続け、カセットテープに何度もダビングされて手から手へと広がり続けた。今に至るまでロシアではその名を知らぬ者はいない伝説的シンガーである。音楽活動を続けつつ、いくつかの散文も手がけている。

マクス・フライ Макс Фрай

一九六五年、オデッサ生まれ。本名スヴェトラーナ・マルティンチク。ロシア語で創作するウクライナ国籍の作家、ファンタスチカ作家、編集者。マクス・フライは画家で音楽家で原案と挿絵を担当したパートナーのイーゴリ・スチョーピン（一九六七–二〇一八）と共作で発表したときからのペンネーム。近年はスヴェトラーナ一人で活動している。スヴェトラーナ・マルティンチクはオデッサ大学文学部を中退、一九八六年からイーゴリと創作を始めた。一九九三年にモスクワに転居し、ファンタスチカを書きはじめて人気作家となった。二〇〇四年からリトアニアのビリニュス在住。代表作は「エコー・ラビリンス」シリーズ、「エコー・クロニクル」シリーズ、「エコーの夢」シリーズ、「私のラグナローク」シリーズなど。「クラクフのデーモン」を含む連作『大熊座』（二〇〇八）は、ヨーロッパの地図に大熊座の星座を重ね、星の位置にある土地の話を書いたもの。「クラクフのデーモン」はその十番目のビャウォブジェギの話として掲載されたが、単独でフライの作品集や現代作家アンソロジー集に収録されている。

アンドレイ・スチェパーノフ Андрей Дмитриевич Степанов

一九六五年、レニングラード生まれ。ロシア文学者、文学評論家、作家、翻訳者。レニングラード大学文学部卒業。気鋭のチェーホフ研究者として多数の論文がある。またペテルブルク大学のロシア文学史学科で教授として教鞭をとり、海外の大学からも招聘されている。

デビュー作の『人間ではないものについてのおとぎ話』（二〇〇九）は新文学賞の候補にノミネートされた。続く『ソバーキン公の霊薬』（オリガ・ルカスとの共著）で作家同盟のゴーゴリ賞を受賞。『芸術の悪魔――あるアートプロジェクトにまつわるとてつもない話』（二〇一六）は翌年のナショナルベストセラー賞にノミネートされた。また英米文学の翻訳者としても活躍中で、ダフニ・デュ・モーリエやアリス・マンローの作品など数多くの翻訳がある。本書所収の「積雲観察の手引き」は『人間ではないものについてのおとぎ話』の中の一編。

アンドレイ・アストワツァトゥーロフ Андрей Алексеевич Аствацатуров

一九六九年、レニングラード生まれ。作家、文学者、教師。イングリッシュスクールを卒業後、レニングラード大学・大学院で英文学を専攻。二〇〇三年より同大学准教授。講演や学会での活動のかたわら、二〇〇〇年より雑誌『ノーヴォエ・リテラトゥールノエ・オボズレーニエ』等に自作を発表。テレビやラジオ番組、映画にも出演するなど、多方面で活躍。最初の長編小説『裸の人々』（二〇〇九）が新文学賞やロシアブッカー賞などにノミネートされ、翌年に発表した次作の『スクンスカメラ』も高い評価を受け、サンクトペテルブルク著名人「トップ50」に選ばれる。現在は新文学賞等の審査員も務める。祖父、父共に著名な文学者。本書所収の「初恋」は二〇一五年に発表された『ポケットの中の秋』の一編。

ナースチャ・コワレンコワ Настя Коваленкова

一九六八年、レニングラード生まれ。作家、画家、イラストレーター。一九九〇年モスクワ美術学校グラフィックス科を卒業。友人から、娘の誕生日におとぎ話を作ってほしいと頼まれて創作した絵本『スリッパ』（二〇一三）はロシア優秀図書コンクールで入選し、ラジオ番組でも朗読された。それに続く『あかい　いえ』、『しずく』、『しましま　くまさん』などの絵本は、リズミカルな文とシンプルかつ情感豊かな絵で人気を得た。また、ウェブ雑誌『リテラトゥーラ』『ペレメーナ』『ルースコエ・ポーレ』などにも関わり、大人向けの作品を掲載している。画家としては個展やグループ展でたびたび作品を発表しており、その作品はミラノ市立近代美術館、トレチャコフ美術館に収蔵されている。モスクワ芸術家協会会員。作品の発表にあたっては、本名の「アナスタシヤ」と愛称の「ナースチャ」の両方を使っている。本作「りんご」は、二〇一五年『ルースコエ・ポーレ』に発表されたもの。

ヴェチェスラフ・カザケーヴィチ Вечеслав Степанович Казакевич

一九五一年、ベラルーシ生まれ。詩人、作家。モスクワ大学文学部卒業。一九六〇年代末より詩を発表し、第一詩集『田舎の祝日』でマクシム・ゴーリキイ賞受賞。一九九三年より日本に移住し、大阪外国語大学客員教授、富山大学教授を歴任、ロシア語・ロシア文学を講ずる。富山大学在職時に「詩クラブ」を主宰してロシア詩人の生涯と作品の紹介・普及に尽力。現在は執筆に専念し、モスクワ等で詩の朗読会も行っている。ロシアにおける出版は詩集七冊、散文二冊で、ヨーロッパ各国語に翻訳されている。日本では書き下ろし連作エッセイ『落日礼讃』（群像社）を出版。「庭」「乳母」「兄弟」など、十のキーワードで綴る詩的随想の深みと広がりはロシアを彷彿とさせ、「魂のレシピ集」「日本産亡命文学の誕生」と絶賛された。本書所収の「川に選ばれし者」は定期寄稿している文芸誌『ズナーミヤ』（二〇一七年十二号）に掲載されたもの。

リュドミーラ・エルマコーワ Людмила Михайловна Ермакова

一九四五年、モスクワ生まれ。日本古典文学研究家、神戸市外国語大学名誉教授。モスクワ大学付属東洋語大学の日本語・日本文学科卒業。ロシア科学アカデミー東洋学研究所極東東南アジア文学課長を務めた後、一九九四年に来日。国際日本文化研究センター（京都）客員教授、神戸市外国語大学教授などを歴任。専門は日本古代の神話と信仰、平安初期の和歌と歌物語、日露交流史、ロシアにおける日本文学の受容。『大和物語』、『古事記』（中巻）、『日本書紀』（巻一～十六）の翻訳を始めとする古典文学のロシア語訳・研究・注釈の出版などに多くの業績がある。神戸市在住。

なお、グリシコヴェーツ、グレベンシコフ、マクス・フライの作品は、『集結することが不可能な作家がこの本のためだけに集結した本』（2009）より選んだ。この本は、ホスピス支援基金《ヴェーラ》の世話人会に入っている作家リュドミラ・ウリツカヤの呼びかけにより、基金の活動の一環として刊行された。収録作品は作家により無償で提供されている。

群像社ライブラリー42
はじめに財《さい》布《ふ》が消《き》えた… 現代ロシア短編集
2019年11月4日　初版第１刷発行

著　者　マーシャ・トラウプ、ヴィクトル・シェンデローヴィチほか
訳　者　ロシア文学翻訳グループ クーチカ
監　修　リュドミーラ・エルマコーワ

発行人　島田進矢
発行所　株式会社 群 像 社
神奈川県横浜市南区中里1-9-31 〒232-0063
電話／FAX 045-270-5889　郵便振替 00150-4-547777
ホームページ http://gunzosha.com　Eメール info@gunzosha.com
印刷・製本　モリモト印刷

カバーデザイン　寺尾眞紀／カバー・本文挿画　セルゲイ・デニセンコ

Сначала исчез бумажник… Современные русские рассказы
Snachala ischez bumajnik sovremennye russkie rasskazy

ISBN978-4-910100-01-2

言葉に命を　ダーリの辞典ができるまで

ポルドミンスキイ　尾家順子訳　全４巻20万語の辞書をひとりで完成させた言葉の収集家ダーリ。広大なロシアで使われている生きた言葉の収集に人生を捧げ、言葉の深みと幅を伝える独自の配列の辞書にたどりついたダーリ。多くの作家が頼りにし辞書の代名詞となったダーリの日本で初めて本格紹介。ISBN978-4-903619-78-1　2000円

ロシア絵画の旅　はじまりはトレチャコフ美術館

ポルドミンスキイ　尾家順子訳　世界の美術史のなかでも独自の輝きを放つロシアの絵画を集めたトレチャコフ美術館をめぐりながら代表的な絵と画家たちの世界をやさしく語る美術案内。ロシア絵画の豊かな水脈をたどり、芸術の国ロシアの美と感性を身近に堪能できる１冊。（モノクロ図版128点）　ISBN978-4-903619-37-8　2000円

昔話を語ろうか　ロシアのグリム、アファナーシエフの物語

ポルドミンスキイ　尾家順子訳　語りつがれた昔話に時代を越えて生きる知恵と力を感じて、国家権力が強大化する時代にロシア民衆の世界とともに生きたアファナーシエフ。グリム兄弟をはるかに上まわる昔話を集めた人物の時代と人びとのドラマをたどる。

ISBN978-4-903619-18-7　2000円

私のなかのチェーホフ

アヴィーロワ　尾家順子訳　チェーホフから作家としての力を認められ夫と子どもの面倒を見ながらチェーホフとの交際を続けた女性がつづる恋と友情の回想。微妙な関係がチェーホフ作品の人間喜劇のように人びとの人生を浮かび上がらせる。本邦初訳のアヴィーロワの短編も収めた新編新訳。　ISBN4-905821-64-9　1800円

チェーホフの庭

小林清美　作家になっていなかったら園芸家になっていたでしょうと手紙に書いた「庭の人」チェーホフは丹精こめて育てた草木の先に何を見つめていたのだろうか。作家の庭を復活させた人びとのドラマをたどり、ゆかりの植物をめぐるエピソードを語る大きなロシアの小さな庭の本。　ISBN4-905821-97-5　1900円

価格は税別

右ハンドル

アフチェンコ　河尾基訳　左ハンドルの国ロシアで再生した大量の日本の中古車は極東の人々の生活に溶け込んで愛されていたが中央政府の圧力で次第に生きる場を失っていく。右ハンドル全盛期のウラジオストクの運命を地元作家が語るドキュメンタリー小説。

ISBN978-4-903619-88-0　2000円

集中治療室の手紙

チラーキ　高柳聡子訳　移民の集まるベルリンの病院で生死の定まらない人たちを訪ねてまわるマリア。振り返る人生はどれも成功に満ちてはいないのに患者たちとマリアが織りなす会話から共感の糸が見えてくる。越境ロシア語劇作家の新しい言葉の空間。

ISBN978-4-903619-98-9　1800円

駐露全権公使 榎本武揚

カリキンスキイ　藤田葵訳　領土交渉でロシアに向かう榎本と若いロシア人将校の間に生まれた友情。ロシア皇帝の厚遇を受ける榎本の足元に忍び寄る日本国内の政権争いの影…。幕府軍の指揮官から明治新政府の要人へと数奇な人生を送った榎本に惚れ込んだロシアの現代作家が描く長編外交サスペンス。

ISBN978-4-903619-81-1／978-4-903619-82-8　上下巻各1600円

ケヴォングの嫁取り

サンギ　田原佑子訳　川の恵みを受けて繁栄していた時代は遠くなり小さな家族になったケヴォングの一族。資本主義の波にのまれて生活環境が変わり人びとの嫁取りの伝統もまた壊れていく。サハリンの先住民ニヴフの作家が民族の運命を見つめた長編ドラマ。

ISBN978-4-903619-56-9　2000円

出身国

バーキン　秋草俊一郎訳　肉体的にも精神的にも損なわれた男たちの虚栄心、被害妄想、破壊衝動、金銭への執着、孤立と傲慢…。それは現代人の癒しがたい病なのか。文学賞の授賞式にも姿をみせず、その沈黙ゆえに生前からすでに伝説となっていた異端の現代作家のデビュー短篇集。

ISBN978-4-903619-51-4　1900円

価格は税別

群像社ライブラリー

現代ウクライナ短編集

藤井悦子 オリガ・ホメンコ編訳 ロシア文化発祥の地でありながら大国ロシアのかげで長年にわたって苦しみを強いられてきたウクライナ。民族の自立とみずからの言語による独自の文学を模索してきた現代作家たちが繊細にまた幻想的に映しだす人々と社会。現代ウクライナを感じる選りすぐりの作品集。 ISBN4-905821-66-5 1800円

猫の町

ポドリスキイ 津和田美佳訳 猫の記念碑が建てられるほど猫をこよなく愛していた町で人間が猫に襲われ猫インフルエンザのウィルスが見つかると、町は検疫で封鎖され町の住人は猫殺しにはしりはじめた…。感染パニックにおちいる現代社会を30年前に予見していたミステリー小説。 ISBN978-4-903619-17-0 1500円

私 Я《ヤー》

ポチョムキン コックリル浩子訳 子供の頃から人間の残酷さと下劣さを見せつけられてきた孤児カラマーノフが新たな知的生命体の誕生を構想しつつ現代ロシア社会の腐敗とホモサピエンスの成長の限界を明らかにする遍歴を開始する。現代のカラマーゾフの物語。
ISBN978-4-903619-45-3 1800円

リス 長編おとぎ話

アナトーリイ・キム 有賀祐子訳 獣の心にあふれた人間社会で森の小さな救い主リスは四人の美術学校生の魂に乗り移りながら、生と死、過去と未来、地上と宇宙の境目を越えた物語を愛する人にきかせる。バロック的な響きをかなでるような言葉が産みだす幻想的世界。
ISBN4-905821-49-5 1900円

ざわめきのささやき

ナールビコワ 吉岡ゆき訳 月並みな表現で成立するのは水準以下の人間関係。言葉そのものがエロスを堪能するときに男と女の新たな関係と均衡が生まれる。新しい散文世界を生む女性作家が父と子と一人の女性をめぐってえがきだす恋愛小説の極限。
ISBN4-905821-43-6 1800円

価格は税別

群像社の本

森のロシア 野のロシア　母なる大地の地下水脈から

太田正一　茫々とひろがるユーラシア、その北の大地に生をうけた魂の軌跡をたどる連作エッセイ。水のごとく地霊のごとく、きわなき地平を遍歴する知られざるロシアの自然の歌い手たちの系譜をたどりながら描くロシアのなかのロシア！　ISBN978-4-903619-06-4　3000円

春の奔流　ウラル年代記①

マーミン＝シビリャーク　太田正一訳　ウラル山脈の山合いをぬって走る急流で春の雪どけ水を待って一気に川を下る小舟の輸送船団。年に一度の命をかけた大仕事に蟻のごとく群がり集まる数千人の人足たちの死と背中合わせの労働を描くロシア独自のルポルタージュ文学。　ISBN4-905821-65-7　1800円

森　ウラル年代記②

マーミン＝シビリャーク　太田正一訳　ウラルでは鳥も獣も草木も、人も山も川もすべてがひとつの森をなして息づいている…。きびしい環境にさらされて生きる人々の生活を描いた短編四作とウラルの作家ならではのアジア的雰囲気の物語を二編おさめた大自然のエネルギーが生んだ文学。　ISBN978-4-903619-39-2　1300円

オホーニャの眉　ウラル年代記③

マーミン＝シビリャーク　太田正一訳　正教のロシア、異端の分離派、自由の民カザーク、イスラーム…さまざまな人間が煮えたぎるウラル。プガチョーフの叛乱を背景に混血娘の愛と死が男たちの運命を翻弄する歴史小説と皇帝暗殺事件の後の暗い時代に呑み込まれていく家族を描いた短編。　ISBN978-4-903619-48-4　1800円

裸の春　1938年のヴォルガ紀行

プリーシヴィン　太田正一訳　社会が一気に暗い時代へなだれこむそのとき、生き物に「血縁の熱いまなざし」を注ぎつづける作家がいた。雪どけの大洪水から必死に脱出し、厳しい冬からひかりの春へ命をつなごうとする動物たちの姿。自然観察の達人の戦前・戦中・戦後日記。　ISBN4-905821-67-3　1800円

価格は税別